经典 名著

让阅读更有意义

格兰特船长的儿女

[法] 凡尔纳◎著

李丹丹◎编译

汕頭大學出版社

图书在版编目（CIP）数据

格兰特船长的儿女 ／（法）凡尔纳著；李丹丹编译
. -- 汕头：汕头大学出版社，2018．3（2022.1重印）
ISBN 978-7-5658-3347-2

Ⅰ．①格… Ⅱ．①凡… ②李… Ⅲ．①科学幻想小说
-法国-近代 Ⅳ．①I565．44

中国版本图书馆 CIP 数据核字（2018）第 007080 号

格兰特船长的儿女　　GELANTE CHUANZHANG DE ERNÜ

作　　者：（法）凡尔纳
编　　译：李丹丹
责任编辑：宋倩倩
责任技编：黄东生
封面设计：三石工作室
出版发行：汕头大学出版社
　　　　　广东省汕头市大学路 243 号汕头大学校园内　邮政编码：515063
电　　话：0754-82904613
印　　刷：三河市天润建兴印务有限公司
开　　本：690mm×960mm 1/16
印　　张：12
字　　数：173 千字
版　　次：2018 年 3 月第 1 版
印　　次：2022 年 1 月第 2 次印刷
定　　价：59．80 元
ISBN 978-7-5658-3347-2

导　读

　　凡尔纳，本名儒勒·凡尔纳（1828—1905），法国小说家，法国科幻小说的奠基人，被公认为现代科幻小说之父。

　　凡尔纳出生在海港城市南特的一个律师家庭，辽阔的海洋、扬起的风帆和鸣响的汽笛，孕育了他对大自然的奇妙幻想。他在中学里顽皮成性却成绩优异，毕业后遵从父亲的意愿攻读法学专业，1849年在巴黎获得法学学士学位。

　　凡尔纳在巴黎幸运地结识了探险家雅克·阿拉戈，与其经常出入天文学家、物理学家和地理学家等科学家的住所，并与他们交往颇深。凡尔纳在他们的影响下刻苦钻研数学、物理和地理等自然科学，同时阅读当时流行的爱伦·坡的侦探小说，藉以丰富自己的知识，提高写作技巧。

　　1863年，凡尔纳开始发表科学幻想冒险小说，并一举成名。他的代表作为三部曲：《格兰特船长的儿女》《海底两万里》和《神秘岛》。

　　作为一名科幻小说家，凡尔纳还是许多发明家的老师，他的科学幻想内容写得那么详细准确，头头是道，以致许多学术团体推算他书中列出的数字,有时要用几个星期的时间。因此,他的小说具有一定的科学性,许多科幻现象后来都成为了现实。

故事发生在1854年,苏格兰贵族葛林艾凡爵士的新船"邓肯"号在试航时捕到了一条鲨鱼。水手们在鲨鱼肚子里发现一只漂流瓶,瓶中的信件因受海水的浸泡而模糊不清。根据残存的字迹可以推测出,这是一个名叫格兰特的船长在两年前发出的求救信,他被困于南纬37度线的某个地方。

葛林艾凡爵士为营救格兰特船长而求助于英格兰海军,没有得到回复。在格兰特船长的孩子玛丽和罗伯尔的请求下,葛林艾凡爵士毅然决定驾驶自己的"邓肯"号出航展开营救。同行的除了玛丽和罗伯尔外,还有葛林艾凡爵士的夫人海伦、好友迈克凯布斯上校以及因马虎而错登上"邓肯"号的法国地理学家巴嘉内尔等人。

葛林艾凡爵士一行找遍了南纬37度的所有陆地:智利、阿根廷、澳大利亚内陆、新西兰等。他们一路上险象环生,登高山冰川突遇地震,过草原遭遇干旱洪水,在陆上遭遇猛兽,在海上遇到风暴,因内奸险遭杀害,被吃人土著俘虏差点成为了祭品。最后他们却在破釜沉舟的一刹那获救,最终在一个荒无人烟的小岛上找到了格兰特船长,并一起成功返回了苏格兰。

儒勒•凡尔纳生于法国西部海港南特,他自幼热爱海洋,向往远航探险。11岁时,他便背着家人,偷偷溜上一艘开往印度的大船,准备开始他梦寐以求的冒险生涯。

但是他的父亲在下一个港口赶上了他，将他带了回去，并对他进行了严厉的惩罚。他躺在床上流着泪保证："以后只在幻想中旅行。"这使他彻底丧失了成为冒险家的可能性。

当然，蔚蓝色的大海在他心中的形象是永远也无法磨灭的。也许正是由于童年的这一经历，客观上促使他驰骋于幻想之中，从而创作出了本书。

作者生活的时代，既是科学技术飞速发展的时代，也是资本主义迅速发展的时代，科学知识和社会经济的发展给人们的生活带来了巨大的影响。本书表达了人们对摆脱手工式小生产、实现资本主义大生产的渴望。

本书包含着丰富的科学知识，并且这些知识不是枯燥的、刻板的陈述，而是和探险、旅行以及地球上丰富多彩的自然界联系在一起的，因此很容易被广大读者所接受。

在本书中，最令人敬畏的是葛林艾凡爵士坚强的毅力和克服困难的勇气。也正是主人公们所体现出的坚强毅力震撼着读者的心灵，使这个故事一直流传至今，被人们颂扬。

本书是幻想和科学知识的完美结合，虽然作者笔下的幻想极为新奇和大胆，但其有着坚实的科学基础。本书既是一部有着科学精神的幻想曲，也是富有幻想色彩的科学预言。

本书的主人公是一些富有进取心和正义感的人物，这一点和西方同类小说中的人物形象是迥然不同的。作者笔下描绘出的人物真实、生动，让读者能够充分了解到主人公们的内心世界。

目 录

奇怪的瓶子

1864年7月26日，在北爱尔兰与苏格兰之间的海面上，英国豪华游艇"邓肯"号乘风破浪，全速前行。片刻之间，伦敦港口已近在眼前。

船主是爱德华·葛林艾凡爵士，英国贵族院苏格兰12名元老之一，皇家泰晤士河游船会出色的会员。

这个时候，葛林艾凡爵士正和他的夫人海伦、表兄迈克凯布斯少校端坐在安全舒适的船舱里，欣赏着气势磅礴的海风狂浪。

严格上说，"邓肯"号正在进行它的处女航，它刚刚驶到克莱德湾之外几海里的地方，现在正在开回格拉斯哥。

豪华公爵游艇"邓肯"号一如既往地猛冲向前。这时，船长约翰·孟格尔在望远镜中突然看见有一条大鱼正尾随游船。他立即叫人把这事报告给葛林艾凡爵士。

"爵士！"船长说，"我想那是一条鲨鱼。"

"这附近水域会有鲨鱼吗？"爵士惊奇地问。

"有的，"船长又说，"有一种鲨鱼叫'天秤鱼'，它的头有点像天秤，在任何温度的海洋里，都可以发现这种鲨鱼。而且，这种可怕的鱼杀不尽，它们的害处颇多。"

"如果阁下同意，夫人也愿意看一下一种新鲜的钓鱼方法的话，我们可以拿这个家伙来演示一下。今天钓起它来，既可供大家观赏，又可为民除害，是个大大的善事。"

"那么，你就做吧！"爵士说。

在葛林艾凡爵士的许可下，孟格尔船长发出了钓鱼的命令。霎时警笛奏响，魁梧的水手们快速地将一条系着大块腊肉的大鱼钩沿船舷投向海中。

大鲨鱼出现的消息，马上传遍了整艘游艇。年过30岁的葛林艾凡爵士一脸严肃地走在人群之前，俨然一副领袖人物的模样。海伦夫人内心激动，眼神闪烁。

迈克凯布斯少校步伐沉稳，神情威严，他已经50岁过头了，皱纹深深地刻在了他的额头上。

腊肉的香味果然吸引了这头猛兽，它很快就游到了鱼钩边。大鲨鱼靠近腊肉，张口吞入腹中，那根粗绳子立刻被抻直了。强壮的水手们抓住时机，飞快地转着绳子这一端的辘轳，鲨鱼的内脏被钩住，想逃也逃不掉了。

只听"哗"的一声，鲨鱼破水而出，一头撞在船舷上，头部受伤流血，水手们不敢怠慢，大喝一声，用力回拖，受了重伤的大鲨鱼尾下头上地被拖到船甲板上。

任何船上都有这样一个习惯：杀了鲨鱼要在其肚子里仔细找一下。水手们知道鲨鱼是什么都吃的，希望在它的肚子里找到点意外的收获，尽管这种希望有时也会落空。

海伦夫人不愿参加这种腥臭的"搜索"，独自回房去了。水手们按住鲨鱼的腹部，只听"哧"的一声脆响，鲨鱼的肚子被剖开了。鲨鱼肚子里看起来是空的，没有什么东西，但是水手长却注意到了一团很粗糙的物体。

"那是什么？"他叫道。

"那是一块石头吧！估计这家伙吞下去是为了平衡身体的。"一个水手回答说。

"算了吧！那是打进它肚子里的一发炮弹！它还没消化完呢！"另一个水手陈述着自己的观点。

大副汤姆·奥斯汀反驳着自己的手下，说道："都是瞎说！这家伙是个酒鬼，喝了酒不算，还连酒瓶子都吞进肚子里去了。"

"鲨鱼肚子里怎么会有瓶子？"葛林艾凡爵士吃惊地叫道。

葛林艾凡爵士随即看出了那个瓶子是一个漂流瓶，瓶子已经被乱七八糟的海上垃圾紧紧缠住了。显然，这个瓶子在大海上漂泊，有一段时间了。

葛林艾凡爵士吩咐奥斯汀把那个瓶子洗干净，拿到了尾楼里，放在了厅堂的桌子上。爵士、少校、船长都围着桌子坐下。女人总是有点好奇的，海伦夫人当然也围了上来。

在海上，任何一件小事都会被人们当做大事来对待。大家一声不响，眼巴巴地望着这只玻璃瓶子。这里面装的是船只出事的线索呢，还是一个航行者闲着无聊写了一封不相干的信丢到海里闹着玩的呢？

葛林艾凡爵士亲自动手检查着那个瓶子。他十分细心，仿佛一个英国检察官在侦查一件重要案件的案情。爵士这样做是对的，因为貌似平凡的外表下经常会有重要的线索。

爵士先检查了瓶子的外部，它有个细颈子，瓶口很结实，还有一圈生了锈的铁丝；瓶身很厚，就是受到各种程度的压力都不会破裂的那种。

迈克凯布斯少校眉头一皱，脱口而出："这绝对是只法国香槟酒瓶！"

这种瓶子可以把椅档子敲断，但瓶子本身仍安然无恙。这是这次发现的这个瓶子能够经过长期漂泊，历经无数次碰撞而不碎的原因。

"我们可以确定，它是来自很远的地方。"爵士接着说，"你看，瓶外面黏附着的这层凝固的杂质，在海水浸渍的影响下，都已经变成矿石了！这瓶子在钻进鲨鱼肚子之前，就已经在大洋里漂流很久了。"

"是啊！瓶子外面有这么厚的杂质，说明它确实已经漂了很远了。"少校赞同地说。

"究竟它从哪里来的呢？"海伦夫人问。

"亲爱的，不要着急。一切答案都在这瓶子里，这需要耐心。"葛林艾凡爵士一面说着，一面刮去护着瓶口的那层坚硬的物质。不一会儿，瓶塞子露出来了，但是已被海水侵蚀得很厉害。

"太可惜了，即使里面有信也不会完整了。"爵士说道。

"我也这么认为！"少校附和着。

葛林艾凡爵士十分仔细地拔开瓶塞子，一股咸味充满了尾楼。

"是什么？"海伦夫人急躁地问。

"是文件！我没有猜错，里面有文件！"爵士说。

"文件呀！是文件呀！"海伦夫人叫了起来。

葛林艾凡爵士小心地把纸一层一层揭开，摊在桌面上。这时海伦夫人、少校和船长都挤在他的身边。

这几张纸都被海水侵蚀得残缺不全了，只剩下一些不成句的模糊不清的字迹。

葛林艾凡爵士照着阳光，一张一张地小心翻弄着，从不同的角度观察，每个字的一笔一画都没有放过。

面对周围等得焦急的人们，爵士说道：

"这里有三个不同的文件，很可能就是一个文件，不过它们是用三种不同的语言写成的：一份是英文，一份是法文，还有一份是德文。"

漂亮的海伦夫人兴致勃勃地问："哦，都写了些什么？"

"很难说，我亲爱的海伦，这些文件上的字太不完整了。"爵士回答说。

"三个文件上的字可以互相补充吧？"少校说。

"应该可以，海水不可能把三封信上三种语言意思相同的字都侵蚀掉。咱们拼起来，凑一凑，应该可以弄懂大概意思。"孟格尔船长说。

"我们就这样做，"爵士说，"不过，要一步一步来，先看这英文的。"

"看不出来是什么意思。"少校失望地说。

"不管怎样，"船长回答说，"那些字总是英文呀！"

"关于这一点是无可怀疑的。"爵士又接着说道，"sink（沉没），aland（上陆），that（此），and，（及），lost（必死），这些字都是很完整的，skip很显然就是skipper（船长），这里说的是一位名叫Gr……（格……）什么的，大约是一艘遇难海船的船长。"

孟格尔船长补充说："monit和assistance这两个词，无疑是'文件'和'救援'的意思。"

"这样一看，也就很有点意思了。"海伦夫人说。

"只可惜有些整行的字都缺了，失事的船叫什么，失事的地点在哪！我们怎么知道呢？"少校说。

"如果把三封信对起来看，也许我们会知道的，"爵士说。

第二张纸是用德文写的，比第一张损坏得更厉害，只剩下几个这样不相连的字。孟格尔船长精通德文，他今年才30岁，是一个富有正义感的年轻人。

船长低下头，认真地看了看，说道：

"June7就是6月7日，和那封英文信上的62合起来便是'1862年6月7日'，这无疑是出事的时间。"

"好得很！"海伦夫人叫道，"再接下去！"

"同一行，还有Glas这个字，把第一个档上的gow和它凑起来，就是Glasgow（格拉斯哥）一词，显然是格拉斯哥港的一条船。"

"没错儿，就是这个意思。"少校对船长的意见表示赞同。

"Two是'两个'，Sailor应该是'水手'。"

"就是说有一个船长和两个水手遇难。"海伦夫人喊道。

"老实说，爵士，下面的grays很使我为难，"船长接着说："我不知道怎样解释它，也许第三个文件可以使我们懂这个字。至于最后两个词Begging I的意思就是'乞予'， 加上第一封信中的那个英文词'援救'，就凑成'乞予援救'，这再明显不过啦！"

"'乞予援救'，可他们在哪儿呢？关于地点，我们还是一无所知。"葛林艾凡爵士自言自语地说。

"希望法文文件能说得更明白点。"海伦夫人说。

"我们大家都懂法文，咱们就从头到尾按次序看吧！一个词一个词地猜。开始几个词与英文信合起来的意思就是'三桅船不列颠尼亚号'，下面我看有'南半球'这个词。"爵士说。

"这已经是一点宝贵的启示了，"船长回答，"那只船是在南半球失事的。"

"这也不是很不清楚。"少校说。

"让我再接着讲下去，abor这个字应该是achieve，也就是'到达'的意思。不幸的人们，到达了什么地方呢？contin是不是mainland（大陆）呢？可这cruel……"

"cruel正好就是德文wilde这个词啊！也就是'野蛮的'的意思！再往下看，再往下看！"葛林艾凡爵士显然是被这种发现调动起了兴趣。

"Indien是'印度'的意思吗？他们被卷到印度去了？Länge一定是Longitude，'经度'，纬度是37度11分，这就有了大方向了。"

"但是经度还是不知道呀！"少校说。

"我们不能要求得这样完备呀！我亲爱的少校！"爵士回答说，"有了明确的纬度就应该知足了。这张法文文件是三份文件中最完整的一份，而这三份文件又很显然地是彼此的译文，并且是逐字直译出来的，因为三张纸上的行数都是一样。这样我们就可以把它们合起来，拼成一封最接近原信内容的信来了。"

"咱们是用法语、德语还是英语来译呢？"少校问。

"拿法文译，因为多数有意义的字都是由法文保留下来的。”爵士说。

然后，爵士立刻拿起一支笔，过了一会儿，他就把一张纸递给大家，纸上这样写着：

“1862年6月7日，三桅船不列颠尼亚号，格拉斯哥沉没，戈尼亚，南半球，上陆，两名水手，船长格，到达，大陆，被俘于野蛮的印度，抛此档，经度37度11分，纬度，乞予援救，必死。”

就在这个时候，一个水手来报告船长，说“邓肯”号已进入克莱德湾，请船长发命令。

“阁下的意思是……”孟格尔船长转过脸去问葛林艾凡爵士。

“先赶快开到丹顿，让海伦夫人回玛考姆府，然后我到伦敦去把这文件送给海军部。”

孟格尔船长立刻遵命向水手下达了指示，水手马上去找大副传达船长的命令去了。

“现在，朋友们，”爵士说，“我们找到了一条大商船失事的线索了，让我们来继续研究。人命关天，一切都靠我们的判断和推理能力了。”

“我们都准备这样做，亲爱的。”海伦夫人应和着丈夫。

“首先，”爵士接着说，“我们要把这文件的内容分成三个不同的部分来处理：一是已经知道的部分，二是可以猜到的部分，三是尚未知道的部分。”

"已经知道了些什么呢？1862年6月7日，一条格拉斯哥港的三桅船，'不列颠尼亚'号沉没了。两名水手和一个船长在37度11分的纬度上把这封信用漂流瓶扔进了海里，要求紧急求救。"

"相当正确。"少校说。

"我们还能够猜到什么呢？我想是：那只船失事地点是在南半球海面上，但是档中的gonie，是不是一个地名的一部分呢？"爵士说。

"是不是Patagonia（巴塔戈尼亚）呀？"海伦夫人叫道。

"应该是吧！"

"但是巴塔戈尼亚是不是在南纬37度呢？"少校问。

"这很容易证实。"孟格尔船长说着打开了一幅南美地图，"没错，南纬37度线正好从巴塔戈尼亚穿过。"

"很好，我们继续推测下去。erreichen就是Reach（到达）。两个水手和船长到达什么地方呢？Festland……就是Mainland（大陆）。你们注意，是'大陆'不是海岛。"

"他们到了大陆以后又怎样了呢？有个像神签一般的字'pr'说明他们的命运。这个字是说明那几个不幸者是'被俘'（Captured）了或者'做了俘虏'（Prisoners）了。被谁俘虏去了呢？被野蛮的印第安人（Indian）俘虏去了。"

"我这样解释，你们认为怎么样？空白里的字不就是一个个地自动跳出来了吗？"葛林艾凡的眼光里充满着信心，说得斩钉截铁。

"没错，就是这样的！"大家被他的情绪感染了，一起说道。

过了一会儿，爵士又说："在我看来，所有这些假定都是非常可信的。我叫人在格拉斯哥港打听一下'不列颠尼亚'号当初是要到什么地方去的，这样我们就可以判断它是否有可能被迫驶到那一带海面的。"

"不用，"孟格尔船长说，"我这里有所有的商船日报，查一下就可以了。"

"赶快拿出来查一查，赶快查！"海伦夫人又叫喊起来。

孟格尔船长拿来一大捆1862年的报纸，很快地翻了起来。过了一会儿，他兴奋地把头抬了起来说："1862年5月30日，秘鲁！卡亚俄！满载，驶经格拉斯哥港。船名'不列颠尼亚'号，船长格兰特。"

"格兰特！"爵士叫了起来，"就是那位胸怀大志的苏格兰人，他想在太平洋上建一个新苏格兰呢！"

"是啊！就是他，在1862年乘'不列颠尼亚'号，由格拉斯哥港出发，后来人们就再也没有听到关于他的消息了。"孟格尔船长说道。

爵士兴奋地说："无可置疑，无可置疑，就是他！'不列颠尼亚'号5月30日离开卡亚俄，6月7日就在巴塔戈尼亚海面出事了，它的全部历史都载在这些乍看似乎不能辨认的残余字迹里。我们推测出来的东西真不少，现在只有经度不知道了。"

孟格尔船长说："知道了纬度，又知道了出事地点，经度就不怎么重要了，我可以保证，船能开到出事地点。"

"那么，我们不是全部都明白了吗？"海伦夫人说。

"全部都明白了，我亲爱的海伦。好了，这封信中所有的空白我们几乎都可以填上了，就仿佛格兰特船长在一旁作口授一般。"

爵士说着就立刻拿起笔，毫不迟疑地作了下列补充：1862年6月7日，三桅船"不列颠尼亚"号，籍隶格拉斯哥港，沉没在靠近巴塔戈尼亚一带海岸的南半球海面，因急救上陆，两名水手和船长格兰特到达此大陆，将受俘于野蛮的印第安人。兹特抛下此文件于经度……纬37度11分处，乞予救援，否则必死于此！

"好啊！亲爱的，太棒了！"海伦夫人说，"如果那些不幸的人们能够重新回到祖国，那都是靠你呀！"

"他们肯定能回来！这信中把一切都说得明白无误，英国政府不会把他的孩子抛开不管的。他过去曾经营救过在北极探险遇难的航海家富兰克林和其他许多失事的船员，他今天也必然会营救'不列颠尼亚'号的遇难船员的！"

"喔，上帝！整整长达两年之久，不幸的幸存者，不知道他们还活没活在这个世上。他们的家人望穿秋水也不知道他们身在何处啊！我们应该帮助他们。"海伦夫人伤心地说。

葛林艾凡爵士说："我们不会撒手不管这件事的，因为我们都有良知！事不宜迟，我们立刻返航，我要去找海军大臣。现在，朋友们，我们回到楼顶上去，我们快要到港口了。"

"邓肯"号沿着比特岛的海岸向前飞驰着，到了晚上18时，它就停泊在丹顿的那座雪花岩的脚下。岩顶上矗立着13世纪苏格兰解放战争中的人民领袖华莱斯的那座著名府第。

那儿已经有一架马车在恭候海伦夫人和迈克凯布斯上校了。葛林艾凡爵士与年轻的妻子拥抱之后，便踏上了开往格拉斯哥的快车。

但他动身前，先利用一个更迅速的交通工具发出一个重要启事。几分钟后，电报就把这启事送到《泰晤士报》和《每晨纪事报》了。

启事的内容是这样的："如果有人想知道格拉斯哥港的三桅船'不列颠尼亚'号及其船长格兰特先生的消息，请和葛林艾凡爵士联系。地址是：苏格兰，丹顿郡，玛考姆府。"

这时，夕阳的最后一丝光彩已经把宽阔的海面抹得有些淡黄了。

寻找失踪者

　　玛考姆府是一座古老的贵族庄园，它位于吕斯村附近，居住在这里的是葛林艾凡爵士家族，葛林艾凡家族和周围街坊邻居一直和睦相处。

　　葛林艾凡爵士家资雄厚，时常救济贫苦的街坊邻居，在当地名望极高，非常受人尊敬。

　　葛林艾凡爵士的胸怀不可谓不开阔，思想也不可谓不进步，可是他内心总是认为苏格兰第一。他在皇家泰晤士河游船会的竞赛中和人家较量，正是要为苏格兰人争那个第一名。

　　葛林艾凡爵士32岁，身体高大，容貌有些严肃，但是眼光却无限的温和。人们都知道他非常豪爽、仗义、疾恶如仇，他爱民如子、慷慨大方，而且有着古代骑士的风范。

　　更为重要的是，葛林艾凡爵士有着一颗仁爱心肠，他甚至比中世纪基督教圣人还要仁爱，他恨不得把他穿的大衣都送给贫苦的人们。他的仁慈超过他的慷慨，因为慷慨是有限的，而仁慈是无边的。

海伦小姐22岁，是纯粹的苏格兰人。她是有名的旅行家威廉•塔夫内尔的女儿，她的父亲是众多热爱地理学却在实地勘察中牺牲的学者之一。

当葛林艾凡爵士初次遇见她时，她是个孤儿，差不多没有财产，独自住在她已逝父亲的一所房子里。他知道这个可怜的少女会是一个贤惠妻子，所以就娶了她。

葛林艾凡爵士和海伦夫人幸福地生活在玛考姆府里，他们一起走过湖边枫树和栗子树的浓荫，听远处飘过来的苏格兰古老战歌，遥望峡谷中苏格兰人的古建筑群，心中常常涌起无限的自豪。

这对新婚夫妇的头三个月就这样过去了。

葛林艾凡爵士并没有忘记，妻子是一位大旅行家的女儿，他想夫人的心里一定还保存有她父亲生前的那些愿望。他这种想法，一点也没有错！"邓肯"号造好了，它将载着他们夫妇到世界上最美丽的地方，经过地中海直到希腊附近的一带群岛。

当丈夫把"邓肯"号交给她使用的时候，我们可以想象到海伦夫人是多么的快乐啊！是呀！去风景如画的希腊继续他们的蜜月，蜜月在那仙境一般的东方海岸上度过，世界上还有什么比这更幸福呢？

不过，现在葛林艾凡爵士已经去伦敦了，他要为营救那些不幸的人而奔走呼吁。在爵士离开的第三天，海伦夫人已经陆续收到几封信，从信中可以感觉到，爵士的行动碰到了困难，信中流露出他对海军部的不满。

与此同时，就在刊发启事的当天傍晚，有两个人来到玛考姆府，叩求拜访葛林艾凡爵士。

玛考姆府的管家把访客请入客厅，海伦夫人接待了他们。

访客是一男一女，男的年龄比女的小，两人似乎是姐弟俩。姐姐穿得大方得体，美丽的双眸略显浮肿，显然是痛哭所致。弟弟10岁左右，这孩子的态度很坚定，仿佛是他姐姐的保镖一般。如果有人敢侵犯他的姐姐，他就会毫不犹豫地冲上去！

姐姐走到夫人面前，有些愣住了。

"你们想找我说话吗？"海伦夫人赶快开口先说话，并且边问边用眼光鼓励着那女孩。

"不是，不是找你。我们要找葛林艾凡爵士本人。"那男孩用坚定的语气回答。

"请原谅，夫人。"姐姐望着弟弟说。

"葛林艾凡爵士不在家，我是他的妻子。如果你们愿意的话……"

"您就是海伦夫人吗？"姐姐问。

"是的，小姐。"

"就是在《泰晤士报》上登了那条关于'不列颠尼亚'号沉没启事的那位玛考姆府的葛林艾凡爵士的夫人吗？"

"是的。"海伦夫人赶快接着回答，"你们是……"

"夫人，我是玛丽·格兰特，这是我弟弟罗伯尔·格兰特。"

"啊！是玛丽小姐呀！"夫人叫了起来。夫人把那少女拉到身边，拉住她的双手，同时又吻着那男孩的小脸。

"夫人，您知道我父亲的消息吗？"少女急切地问。"他还活着吗？我们还能见到他吗？求求您，快告诉我们吧！"

"喔！上帝保佑！你们是格兰特船长的孩子？太好了！上帝保佑你们！"

于是，海伦向格兰特姐弟俩讲述了藏在漂流瓶中的三张纸以及模糊不清、残剩仅余的文字等。

当海伦夫人叙述的时候，小罗伯尔眼睁睁地望着她，他有好几次嘴里不自觉地叫了出来："啊！爸爸！我们可怜的爸爸啊！"

最后海伦夫人说："格兰特船长大概是在巴塔戈尼亚附近的海湾遇难的，他和两个水手设法上了岸，这就是那个漂流瓶里的求救信所透露给我们的信息。"

至于玛丽小姐呢？她双手合十，一声不响，仔细听着，直到叙述完了，她才开口说："海伦夫人，可不可以让我们看看那份求救信啊？"

"孩子，那信不在这儿。"

"不在这儿？"

"不在，为了你父亲，爵士已经把那信带到伦敦去了。孩子们，我已经把信上的每一个字以及这些字连起来的时候的意思、还有我们破解这些字的过程都告诉你们了。只可惜经度……"

"不需要有经度呀！"小男孩叫道。

"是呀！罗伯尔。"夫人一面回答，一面看着他那副坚决的神情，不禁微笑起来，"孩子们，现在你们知道的和我一样多了。"

"是的，夫人，但是我很想看看我父亲的笔迹。"

"那么，等明天吧！明天葛林艾凡爵士就会回来。我的丈夫带着这个不可否认的文件，想把它拿给海军部的审计委员们看看，以便鼓动他们立即派船去寻找你父亲。"夫人说。

"真的吗？夫人，你们真的在为我父亲奔走吗？"那少女叫了起来，表示十分感激。

"是的，孩子，但是我们不该接受任何感激。随便什么人处在我们的位置，都会像我们这样做的，但愿我们的愿望能变为现实！"

"孩子们，现在已经是晚上了，你们不辞劳苦赶到这里，你们的心情我能理解，你们的行为也令我十分感动。让我们一起共享晚餐吧！我丈夫会为你们带回好消息的，假如你们不急着去办其他事，就在我家住上几天吧！"

格兰特姐弟俩推辞不掉海伦夫人的真诚邀请，再说他们也不愿空手而归，要知道，他们一直放心不下他们那可怜的父亲，所以他们答应了。

吃完晚饭，玛丽小姐非常直率地向海伦夫人讲述了父亲的生平：

哈利·格兰特是苏格兰柏恩郡人，受过良好的教育。长大后首先做水手，然后当了大副，渐渐地掌握了航海技能，最后当了船长。

在数次远航中，他在航海和经商两方面都表现得非常出色。他的妻子生下罗伯尔后就去世了。他痛不欲生，于是就把出海远航当作了一生的奋斗目标。

他的民族兴衰意识很强，一直想在海外寻找一个新大陆，真心诚意希望苏格兰能够富足强大。他把全部积蓄都贡献给了苏格兰民族。

在苏格兰同胞的赞助之下，他终于在1861年聘雇了一些船员，驾驶着三桅船"不列颠尼亚"号驶向了太平洋。他要去寻找新大陆，临行前，他拜托一位年老的堂姐照顾他的儿女。

1861年，玛丽才14岁。她非常思念他的父亲，她一直关注着商船日报，但只能从报上获知父亲的情况。

自从1862年5月，"不列颠尼亚"号驶出秘鲁的卡亚俄港口，她就再也得不到有关父亲的任何消息了。恰恰在这个时候，照顾他们的堂姑妈病故了，姐弟俩悲惨地沦为了孤儿。

性格坚毅的玛丽坚强地担负起生活的重荷，弟弟不但要养，还要教呀！这多亏了她的节俭、谨慎和聪明。她日夜劳作，为弟弟牺牲一切。作为姐姐的她沉着地承担起了母亲的责任。

虽然生活如此不幸如此坎坷，但是，她寻找父亲的信念一直都没有放弃过。她四处打听消息，但父亲似乎是一去不复返。她不敢相信她父亲已失踪或遇难身亡。

《泰晤士报》上刊发的启事使她看到了希望，于是她不敢耽搁，立刻带着弟弟风尘仆仆地赶到了玛考姆府。

以上就是玛丽对海伦夫人所讲的自己和弟弟的简单经历。她对自己在漫长的艰苦岁月中女英雄一般的坚忍不拔精神并不自知，但这一点却深深地打动了海伦夫人的心。

对于罗伯尔而言，他也是第一次听到这段故事，他睁着两只大眼睛，听着姐姐说。现在他才知道姐姐过去所做的一切，所忍受的一切。最后，他抱着姐姐由衷地呼喊："姐姐啊！你就是我的妈妈呀！"

大家谈着谈着，已经是深夜了。海伦夫人怕两个孩子过于疲乏，不愿意把谈话拉得太长，便把他们姐弟领到为他们准备好的卧室里去了。

海伦夫人就叫人把少校请来，把当晚和两个孩子的谈话全部告诉了他。

"好一个玛丽·格兰特，真是了不起的女孩啊！"少校由衷地赞叹道。

"愿老天保佑我的丈夫交涉成功吧！"海伦夫人说，"否则这两个孩子的处境更不堪设想了。"

"他会成功的，否则海军部的那些老爷们的心肠真比礁石还硬了！"

尽管少校这么说，海伦夫人还是不放心，一夜都没睡好。

第二天清晨，一阵由远及近的马蹄声打破了寂静。葛林艾凡爵士一夜夫眠，从伦敦急忙回到了玛考姆府。

海伦夫人和迈克凯布斯少校都起得很早，他们坚信，葛林艾凡爵士会从伦敦带来令人振奋的消息。一听到清晰而又熟悉的马蹄声，海伦夫人就知道是葛林艾凡爵士回来了，他们快步走出了府门。

风尘仆仆的葛林艾凡爵士一脸倦色，他拥抱了迎向他的妻子，一句话也没有说。

迈克凯布斯少校从他那一脸倦色中看到了葛林艾凡爵士的内心无奈，猜测到事情肯定不妙。

海伦夫人在拥抱丈夫的那一瞬间，也感觉到了事情遇到了困难，但是她还是问道："怎么样了，爱德华？"

"怎么样？唉！亲爱的，那帮家伙全无人类的心肝！"

"他们拒绝了？"海伦夫人着急地问道。

葛林艾凡爵士无奈地叹了口气，说道："是的！海军部那伙人根本就没有同情心，他们不愿意为这件事情作出任何的援助，他们认为漂流瓶中的求救信字迹模糊，分辨不清，时间相隔太久，这是一件大海捞针的工作。到头来，也是空忙一场。"

"可怜的格兰特船长啊！彻底没有希望了！"

"不！不！我悲惨的父亲呐！"一阵撕心裂肺的哀号之后，葛林艾凡爵士突然看到一个小姑娘向自己跪下了。

海伦夫人和迈克凯布斯上校只顾着询问葛林艾凡爵士，却疏忽了格兰特船长的儿女。姐弟俩起得比海伦夫人还早，她们睡不着，一直忐忑不安地在庄园里走动。他们恰好听到了葛林艾凡爵士无奈的叙述。

"你的父亲！怎么回事，小姐？"葛林艾凡爵士吃惊地说。

"爱德华，这是玛丽小姐和她的弟弟，格兰特船长的一双儿女。"海伦夫人说，"海军部一定是想要他们成为孤儿了！"

葛林艾凡爵士扶起玛丽，连声说："很抱歉，玛丽小姐，真没想到……"

玛丽姐弟幽怨哀苦的声音缠绕在庄园周围。爵士、夫人、少校以及静悄悄围在主人旁边的仆从，谁都说不出话来，但是可以看出，这些人都对海军部的那个决定表示愤愤不平。

过了一会儿，还是迈克凯布斯少校先开口说话。他问爵士说："这么说，一点希望也没有了？"

"真的是没有希望了……"

"那么，好！"小罗伯尔高声叫道，"我出去找那帮人，我倒要看看……"

姐姐玛丽立刻制止了他，他攥紧拳头，胸膛起伏着，不再吭声。

"千万不要这样！这些有着仁慈心肠的大人们已经尽了力，我们要感谢他们，我们永远记在心里！咱们走吧！"

"小姐，你去哪儿？"葛林艾凡爵士紧跟着问。

"我要去跪到女王的面前，我们要看看女王是不是对我们这两个为父亲求救的孩子也装聋作哑。"

葛林艾凡爵士摇摇头，他并不是怀疑女王陛下的仁慈心肠，而是他料到玛丽是见不到女王的。英国人在王宫的大门上刻着与轮船的舵盘上一样的话："勿与掌舵人谈话。"

海伦夫人懂得丈夫的意思，她也明白这个少女去求见女王是不会成功的。她眼看着这两个孩子就要过着绝望的生活了，这时，心中渐渐萌生了一个伟大而慷慨的念头。

过了一会儿，坚强的玛丽强忍悲痛擦去眼泪，拜谢了葛林艾凡爵士夫妇，牵着同样悲伤的罗伯尔，往门口走去。

就在玛丽姐弟走到门口的时候，海伦夫人胸口一热，激动地说道："孩子，请稍等片刻，我有话要对你们讲。"

她深情地望着葛林艾凡爵士，同情的泪水顺颊而下，声音哽咽地说："假如，格兰特船长当时写下求救信装入漂流瓶中是把自己的生死交给了上帝，那么，我们这些打开漂流瓶子的人就是上帝特派的营救者。亲爱的爱德华，我明白你制造豪华的'邓肯'号是想带我去游览观光，为的是希望我每天快快乐乐。

"眼前的事情让我明白，去拯救一个随时有生命危险的人，并取得最后胜利所获得的快乐，一定是世界上最幸福最美好的快乐！亲爱的爱德华，不能再耽搁了，让我们乘'邓肯'号去寻找濒临死亡的格兰特船长吧！"

海伦夫人的声音很轻，但周围的人都听到了，他们不仅听到了，而且还听得很仔细。有声的表达，无声的感动。

"我亲爱的海伦啊！"葛林艾凡爵士激动地叫了起来，同时欣慰地抱住了他美丽而善良的妻子。

这时，玛丽和罗伯尔也拉住她的双手亲吻。在这动人的一幕中，所有仆从都感动了，不由自主地从内心发出了感激的呼声："乌啦！乌啦！海伦夫人万岁！葛林艾凡爵士万岁！"

因为葛林艾凡爵士的豪华游艇"邓肯"号要出海仗义救人，所以格拉斯哥港口人山人海，热闹非凡，人们都非常关注这件事情。

"邓肯"号拥有首桅和主桅，它可以任意张开调整主帆，它还拥有梯形帆、小前帆、小顶帆、樯头帆等一系列普通帆船所拥有的风帆，风力有多大，航行的动力就有多大。

排水量高达21吨的"邓肯"号是英国游艇族中数一数二的游艇，它装有当时最先进的蒸汽机，马力十足，比狂风还快。

它可以达到一个高于当时所有轮船最高纪录的速度。可不是吗？在克莱德湾试航时，根据测程仪显示，它的最高时速已达到17海里。拥有这样的速度，它足可以作环球旅行了。

孟格尔船长为这次远程航行绞尽脑汁，在他的安排和指挥下，游艇作了一番增添。首先扩大煤舱，因为沿途补充燃料是不容易的，尽量多装煤。同时也扩大了粮舱，装进两年的粮食，至于钱是不缺的。

孟格尔船长面容虽然严肃，但也表现出勇敢和善良。他对于业务是十分内行的，虽然他只指挥一艘游船，但他是格拉斯哥港数一数二的船长。

他是在葛林艾凡家里长大的，葛林艾凡家把他抚养成人，并把他培养成为一名优秀的海员，在以往的几次长途航行中，多次表现出灵敏、刚毅和沉着的品质。

当葛林艾凡爵士请他当"邓肯"号船长时，他非常乐意接受这个任务。他视爵士为父兄，始终在寻找表达他挚爱的机会。

大副汤姆·奥斯汀是个老水手，十分值得信任。孟格尔船长以及他的手下群策群力，为此次远航的人员，考虑得十分周到，安排得非常贴心。葛林艾凡爵士一行人对此感到非常满意。

孟格尔船长将葛林艾凡爵士庄园的24名子弟全部安排到下层平舱住宿。庄园子弟们对葛林艾凡爵士忠诚不贰，尽心尽职。他们尤擅格斗，善使武器，是此次远航的卫士。

船员们都配置了防身兵器，在船的甲板上还安置了一尊旋转大炮，以防意外之祸。

"邓肯"号的乘客名单中也包括迈克凯布斯少校，他五官端正，衣着整齐，善于跟各种各样的人打交道。他从来不和别人吵，总是尊重他人的意见。

他攀登敌人的堡垒和上寝室的楼梯是一样的镇定，他任何事也不怕，就是炮弹落到他身边，他也不动一下，无疑地，他将来一直到死也不会找一个发怒的机会。

这样豪华、功能齐全的"邓肯"号让人们大开了眼界，众口称妙，拍手赞好。每天都有大批人来参观，大家关心的是它，谈论的也是它，这使得停泊在港里的所有其他船的船长都红了眼。

连港口内紧挨着"邓肯"号停泊的大型汽船"苏格提亚"号的船长伯尔冬，也用羡慕的眼光久久凝望着"邓肯"号。"苏格提亚"号也是一艘漂亮的游船，准备开往加尔各答。

"邓肯"号定于8月25日启航，日子一天一天迫近了。在克莱德湾试航后才一个月，邓肯号已经改装好了，煤粮都储藏够了，一切都安排好了。

欢迎陌生人

　　8月24日晚上19时，已在船舱中安置停当的葛林艾凡爵士夫妇、迈克凯布斯少校、玛丽姐弟、司务长奥比内夫妇及全体船员一齐离开了"邓肯"号，往格拉斯哥教堂走去，他们要为自己这次远行进行祈祷。

　　玛丽的声音在这古教堂里特别响亮，她在为她的恩人们祷告，感激的泪水布满了她的两颊。祷告之后，全体人员都怀着无限深情退出了教堂。在夜里11时，大家都回到了船上。

　　到了凌晨2时，"邓肯"号在机器的震撼下开始颤动了，随着一阵汽笛轰鸣，豪华游艇"邓肯"号载着葛林艾凡爵士一行人以及他们的豪迈深情，向大西洋驶去。

　　黎明时分，玛丽小姐跟着海伦夫人走到甲板上观看日出。葛林艾凡爵士和迈克凯布斯少校起得更早，此时他们正面朝大海，伸开双臂，迎着海风感受大海的博大胸怀。

　　此时太阳像一个镀金的大盘子，从海水中冉冉升起，"邓肯"号的帆仿佛是被它金色的光芒鼓起来的一般，游船在海上流畅地滑行。

"真是美景啊！"海伦夫人终于说话了，"这是一个晴朗日子的开始啊！但愿风的方向不要转移，一直送'邓肯'号前进。"

"是的，这风向是再好不过了，我亲爱的海伦。"爵士回答说，"像这样一个顺利的开始，我们是不能再强求老天爷什么了。"

"这得问我们的船长。孟格尔，船运行的情况如何？"

"非常好，阁下，"孟格尔船长回答，"任何一个水手在这样的船上都会心满意足的。机器运转得很好，您看船后的浪槽，多么均匀啊！要是照这样下去，我们10天后就可以跨过赤道，不到五星期就可以绕过合恩角了。"

就在这时，舷梯上响起了一阵杂乱的脚步声。少校回头一望，一个陌生人出现在他的面前。心里吃惊不小，但没有溢露于言表，他仔细地打量了陌生人一番，暗自揣测这个陌生人的身份及来历。

那个陌生人身形高瘦，年纪在40岁上下。一顶旅行专用鸭舌帽，高鼻梁上架着副大眼镜，眼睛中闪动不定的目光好像是夜视眼的样子，似乎是个聪明而愉快的人。

棕色的旅行夹克衫，上衣和裤子上有很多口袋，每个口袋塞得很满，形象很怪异。更为惹人注目的是，这人胸前吊挂着一个单筒大望远镜，少校以前看到过这种望远镜。

陌生人慈眉善目，举止大方，行为端正。不但不使人望而生畏，反而他那种随随便便的样子，十分潇洒又可爱，显得他是一位好好先生。

迈克凯布斯少校并没有因为这个陌生人表面谦和就放松警惕。少校心里嘀咕：他是不是葛林艾凡的客人？可是爵士似乎从来没有提到过这个人呀？

陌生人绕着少校转了好几圈，一心想说点什么，而少校却一动不动地抽着烟，目光坚定，全然不为之所动。

"总管！总管！"这个陌生人说着不纯正的英语。舱里的奥比内先生应声即到，他看到这个陌生人时也吃惊不小，也在心里嘀咕："他是谁呀？我怎么不认识？"

陌生人解释道："我整整睡了30多个小时！哦！现在我需要填饱肚子。这个要求应该不算过分吧！先生们？"

"等等，先生，您住几号房？"奥比内问道。

"嗯，我是六号房的乘客雅克·巴嘉内尔呀！"

"六号房？"奥比内问。

"就是呀！你贵姓？"

"我是奥比内。"

"好，奥比内，我的朋友，"陌生人说，"要想到开早饭了，并且要越快越好，一个从巴黎一口气跑到格拉斯哥的人，等着要吃，也是人之常情呀！请问，几点开饭啊？"

"9点钟。"奥比内机械地回答。

那陌生人想看看表，浑身上下摸着，找到第九个口袋才摸出表来。

"好。现在才8点，那么您先来一块饼干、一杯白葡萄酒，我饿得没劲了。"

奥比内听着这样的吩咐，还在发愣，而这位陌生乘客还在东拉西扯的，说个不停。

孟格尔船长在这个时候来到了甲板上，这位陌生人见他身穿船长制服，立刻走上前伸手说："你好，伯尔冬船长！"

吃惊的显然是孟格尔船长，他不但因为看到这生客而吃惊，他听到人家喊他"伯尔冬船长"也一样地吃惊。他看了看奥比内，又回过头来看着这个陌生人。

"现在，亲爱的船长，我们认识了，我们就是老朋友了。随便谈谈吧！请您告诉我，您对这'苏格提亚'号满意吗？"

"什么？'苏格提亚'号？"孟格尔船长终于开了口。

"哦！就是这载着我们的'苏格提亚'号呀！一艘好船啊！人家曾向我夸奖说，船的物质条件好，船长的为人也堪称楷模。"

"先生，您搞错了，我不是伯尔冬船长。"

"那么，您一定是'苏格提亚'号上的大副薄内斯喽！"

"薄内斯？"孟格尔船长不知道这个人是疯还是傻，但他开始明白这是怎么回事了。

这时，葛林艾凡夫妇和玛丽小姐也走出船舱，来到甲板上。

那陌生人一见他们就叫："啊！有男乘客！女乘客！妙极了。薄内斯先生，希望您给我介绍一下……"

说着，他就文雅地向前走去，还没等孟格尔船长开口，就对玛丽小姐称"夫人"，向海伦夫人叫"小姐"，又转身向葛林艾凡爵士补一声"先生"。

"这位是葛林艾凡爵士。"孟格尔船长说。

"爵士，在船上也许不需那么太拘礼吧！我相信与您以及这些女士在一起，我们在'苏格提亚'号上的旅行一定会非常愉快。"

海伦夫人和玛丽小姐回答不出一句话来，她们搞不清楚到底是怎么一回事。

"先生，"葛林艾凡爵士开口问道，"请问，你是……"

"打扰了，爵士。我是巴黎地理学会理事雅克·巴嘉内尔，也是柏林、孟买、莱比锡、伦敦、彼得堡、纽约等地的地理学会会员。我还是东印度皇家地理科学会名誉会员。"

"如果我没有说错的话，我现在脚下所站着的这艘船是开往印度的'苏格提亚'号。但这位先生却说这艘船是驶向大西洋的'邓肯'号！"

关于雅克·巴嘉内尔的名声，葛林艾凡爵士早有耳闻，不能说是如雷贯耳，但用"耳熟能详"来形容却是一点都不过分。

他的地理著作、他在地理学会会刊上发表的有关现代地理学历次发现的报告以及他和全世界地理学界的关系，已经使他成为法兰西最卓越的学者之一。同时，巴嘉内尔也以在生活中粗心大意闻名于世。

葛林艾凡爵士微笑着问道："巴嘉内尔先生，如果方便的话，你不妨说说你是如何搭上这条船的？"

"好，没有问题。我是从巴黎预订的船票，舱房是'苏格提亚'号六号房。当我搭火车赶往格拉斯哥港时已经是晚上9点了。当时天很黑，我立刻乘马车赶到码头，马不停蹄地上了船。"

"奇怪的是，我没有碰到船员。但我没有细想那么多，径直走到了六号舱，门是开着的，我在火车上折腾了将近40个小时，来不及多想，倒头便睡了，没想到一觉睡了30多个小时。现在想想，我也觉得不可思议。"

他在身上口袋里翻进翻出，手忙脚乱一阵后，终于拿出船票，又瞧了瞧自己的手表，忍不住哈哈大笑道："嘿！巧得很，不多不少正好36个小时。没骗你们吧！'苏格提亚'号的船票，瞧瞧！"

现在大家把事情弄得一清二楚了，马虎大意的雅克·巴嘉内尔是在大家上教堂祈祷的时候，糊里糊涂地上了船。但是博学的地理学家还不明白情况啊，如果一下告诉他现在他乘的是什么船，要开到什么地方去，他怎么办呢？

"那么巴内加尔先生，您去印度是准备从加尔各答出发吗？"葛林艾凡爵士问道。

"是呀！爵士。我平生一个重大的愿望就是游览印度，它是我平生最美妙的梦想。那个神秘的'大象之国'太吸引我了。"

"那么，巴嘉内尔先生，换一个地方游览不可以吗？"

"那怎么成呀！爵士，换个地方就太不好了。因为我还带着给驻印度总督的介绍信，况且还有地理学界的一个任务要完成呢！"

"啊！您还肩负着重任？"

"是的，我要勘查雅鲁藏布江的河道，这条江沿喜马拉雅山北麓，在西藏境内流了1500公里，我要知道这条河是不是在阿萨姆东北部和布拉马普特拉河汇合。这可是地理学上的一个大问题，哪一位探险家解决了这个问题，爵士，一枚金质奖章便会稳得！"

巴嘉内尔确实不凡，他说得津津有味，神气极了。

"巴嘉内尔先生，"葛林艾凡爵士沉默了一会儿之后说，"您的计划确实吸引人，科学界也肯定会奖励您的。不过，我不愿让您再继续错下去，至少目前您只好放弃游览印度的计划了。"

"放弃？为什么？"

"很抱歉，巴嘉内尔先生，你本来搭乘的应该是'苏格提亚'号，可是你却摸黑错上了我们这艘开往智利的'邓肯'号。"

巴嘉内尔顿时呆住了。

他看看葛林艾凡爵士，爵士一脸的严肃正经；他又看看海伦夫人和玛丽小姐，她们脸上尽显无限的同情；再看看孟格尔船长，他在微笑；迈克凯布斯少校一动不动，像刚才一样泰然。

他耸了耸肩、推了推眼镜，叫道："简直是开玩笑！"

当他的目光停在舵盘上，看到上面刻有"邓肯号格拉斯哥"的时候，他开始尖叫起来。

"喔！上帝！"巴嘉内尔连声叫苦，"咚咚"几声急步声响，他飞快奔下楼梯，跑回六号舱。他迫不及待地查看了自己的行李。很幸运，在搬放行李这一细节行为上他还没有粗心大意，他的行李都在舱里，一件不少。

巴嘉内尔心情非常沮丧，后悔之情溢于言表。他望着"邓肯"号上悬挂的旗帜，脸上很难为情，说："哦！尊敬的葛林艾凡爵士，我想我们应该商量一下。这艘豪华气派的游艇驶往东方的印度才是明智之举。

"观光世界风采，东方的印度比智利美丽多了。我们同往印度那可真是幸运万分啊！我去印度还肩负着考察当地地理的神圣使命啊！"

"对不起，巴嘉内尔先生。假如我们此行是旅行观光的话，随便到哪里都可以。但是我们现在是去找几个遇海难后被遗弃在巴塔戈尼亚地区的人，并要安全地把他们带回英国……"海伦夫人情绪很激动地说。

巴嘉内尔仔仔细细地听完葛林艾凡夫妇关于漂流瓶以及格兰特船长的讲述。

最后，他听到海伦夫人大义慷慨要远航救援落难的格兰特船长时，他格外激动，深情地说道："高尚的海伦女士，我为你这种义举，这种无私奉献的崇高精神深深感动。一切的赞美之词尽在我激动不已的内心深处。那么在'邓肯'号抵达第一个靠岸停泊的地点之后，请让我上岸，换搭回欧洲的船再去印度，可不可以呢？"

"我们不反对你的这个决定。既然有一面之缘，不妨在我们这艘游艇上逗留几天，您意下如何？"葛林艾凡爵士举手投足尽显绅士风度地说。

巴嘉内尔听了爵士这一番话，心里稍感欣慰。上错了船，本来是件难堪的事情，巴嘉内尔非常感谢爵士寥寥数语便解其围。

他拜读了葛林艾凡爵士递给他的那三份求救信，并对爵士一行人能够想方设法救落难的格兰特船长的行为表示赞赏。大家都很高兴，并大受鼓舞。

巴嘉内尔得知海伦夫人的父亲是已逝著名的探险家威廉·塔夫内尔时，他立显恭敬谦和的神情。威廉·塔夫内尔生前经常与他有书信来往，两人虽未谋面，但却是神交已久。

豪华游艇"邓肯"号经过了马德拉群岛、加那利群岛，但他都没有下船的意思。大家猜想，巴嘉内尔大概是除了印度对其他地区都不感兴趣，也有可能是他从地图和地理书刊上对它们已经烂熟于心了吧！

9月2日，"邓肯"号经过夏至线，驶向佛得角群岛，这些时日都是一帆风顺。

"邓肯"号停泊在佛得角群岛普腊亚湾，这是航行南美洲的最后一个停泊点。巴嘉内尔要转程去印度就非得下船不可了。

此时此刻，风雨笼罩住了普腊亚湾。孟格尔船长准备放小艇将整理好行李的巴嘉内尔送往普腊亚城，但巴嘉内尔看起来非常不愿意离船上岸。

葛林艾凡爵士看到巴嘉内尔犹豫的样子，就知道他也想加入到援救格兰特船长的行动中来。所以他直接地询问巴嘉内尔是否愿意放弃到印度深入考察的计划，参加寻找格兰特船长的行动。

"我早就想这么办了，但一直不好意思开口，怕太冒昧啊！既然葛林艾凡爵士盛情邀请，我当然愿意了。"巴嘉内尔喜上眉梢地说。

大家一知道巴嘉内尔决心留下来，没有一个不快活的。小罗伯尔跳起来一下抱住他的颈子，巴嘉内尔差一点让他给撞一个跟头。

9月7日，"邓肯"号驶过了赤道，进入南半球，一如既往地徐徐航行在大西洋上。

横渡大西洋的航行就这样顺利地进行着，每个人都怀着很大的希望。在这场寻觅格兰特船长的远征中，成功的可能性似乎一天一天地在增加。

当然，孟格尔船长是最有信心的一位。他的信心来自于他的愿望，而他的愿望是让玛丽小姐幸福。他对玛丽特别关怀，他想把这种心情极力隐藏起来，可是事实上只有玛丽小姐和他两人自己不觉得，其余的人个个心里都明白。

在进入南半球以后，船上最充实也最幸福的人自然是巴嘉内尔了。他忘不了自己的老本行，他的眼睛总离不开地图，又幸运地在船舱里翻出了几本旧西班牙文图书，他很乐意在漫长的航行中学习西班牙语。

西班牙人当年横渡大西洋，征服了南美洲，南美洲众多地区都沦为西班牙的殖民地，于是南美洲人听得懂的外国语言是西班牙语，对英语、法语似乎是闻所未闻。

巴嘉内尔还为罗伯尔讲述了哥伦布发现美洲、麦哲伦环球航行等探险轶事。他给人的感觉已经很明显了，直言快语，激情乐观。

9月25日，"邓肯"号航行到与麦哲伦海峡同纬度的地方，它毫不迟疑地驶进去了。这个海峡的长度有376海里，不仅水深，而且水底平坦，汇入其中的内河特别多，最大吨位的船只都可以航行。

葛林艾凡爵士要求孟格尔船长把"邓肯"号驶到南美洲科尔科瓦多湾。从地图上看，此处离南纬37度线很近了。

"邓肯"号紧挨着奇洛埃岛和南美洲南部海岸一些零星小岛边缘航行。他们一丝不苟地沿岸寻找，不肯放过任何海上漂流物，甚至连垃圾也要捞起来查看，可是什么也没有发现。

"邓肯"号在智利和塔尔卡瓦诺港口停泊，此时距启航离开多雾的克莱德湾整整42天了。

船一停下来，葛林艾凡爵士就带着巴嘉内尔乘小艇上岸，急急忙忙赶往康塞普西翁城，直奔当地的英国领事馆。

最后的结果令大家都很失望，不要说英国领事馆，就连其他国家设在此处的领事馆，都没听说过有船只遭遇海难的消息。

紧接着葛林艾凡爵士又雇人到周围海岸探查亲访，如此尽心尽力地进行了一个礼拜，依然是一无所获。玛丽姐弟俩垂头丧气，全体船员的心情和玛丽姐弟的心情一样糟糕。

巴嘉内尔重新接过那三份档，他看得非常细心，一个字也不肯漏过。他一言不发地看了一个多小时，终于开口了：

"先前，你们的推测是印第安人（Indian）之前的空白应是'将受俘于'的意思，但我觉得'已被俘于'更为恰当。也就是说，他们刚扔完瓶子就被野蛮凶猛的印第安人俘虏了。"

巴嘉内尔立刻熟练地打开地图，指东画西，"瞧！内格罗河、科洛拉多河，这两条大河的许多支流都被南纬37度线横截。很显然，格兰特船长肯定不会错过这个机会，瓶子顺河入海，漂泊游移。"

葛林艾凡爵士接过巴嘉内尔递给他的那三张模糊不清的文件，沉思了好久，才开口说道。"嗯！巴嘉内尔先生的推理的确很科学，就这样吧！让我们登岸寻找，作一次横穿智利、阿根廷的陆上探险吧！"

葛林艾凡爵士、迈克凯布斯少校和巴嘉内尔是这次探险的主要参与者。罗伯尔得知父亲极有可能被印第安人抓住了，急躁忧虑地吵着要一起去寻找。

大家都理解罗伯尔寻找父亲的心情。葛林艾凡爵士非常喜爱罗伯尔，在他的心目中，罗伯尔已经成了他的儿子，所以他同意了罗伯尔的请求。

孟格尔由于身为船长，工作艰巨，他必须身不离船地掌舵"邓肯"号，在阿根廷的哥连德角和圣地安托尼角间巡航，等候与陆上探险队会合。同时，他还肩负起照顾海伦夫人和玛丽小姐的重任。

探险队中有三名成员是"邓肯"号船员：大副奥斯汀、水手穆拉第和威尔逊。他们非常幸运，在经过千筛万选后，有幸参加陆上探险。

身陷地震中

10月14日，在预定的时间，大家都准备好了。出发时，全体乘客都聚集在方厅里。"邓肯"号已经张好篷帆，它的螺旋桨在打着塔尔卡瓦诺湾的清波。

葛林艾凡爵士、巴嘉内尔、少校、罗伯尔、奥斯汀、威尔逊以及穆拉第都带着手枪和马枪准备离船。

"好，到我们出发时间了。"葛林艾凡爵士说。

"你去吧！我的爱人！"海伦夫人尽力让自己平静地说。

爵士紧紧地抱住了海伦夫人，小罗伯尔也跳过去搂着姐姐的脖子。

"现在，亲爱的伙伴们，最后一次拉拉手，大西洋岸边见了！"巴嘉内尔说。

大家都到甲板上来了，七个旅行者离开了船。不一会儿，他们就到了码头。

海伦夫人在楼舱上高声喊道："我的朋友们，愿上帝保佑你们！"

爵士雇了一位在南美生活了20余年的英国人做向导，还租了10匹阿根廷骡子以及两个阿根廷当地的骡夫。探险工作全部准备就绪，交通工具，驮行李和几捆布匹的问题就这样解决了。

布匹是用来送给土人酋长交谊用的，在陌生而艰险的南美大陆碰到当地土人，最好的快捷方式就是结交他们，便于得到帮助。探险人员各自都身配武器，带齐弹药，这些在探险旅程中都是必不可少的。

他们最先在沿海地区扩大寻找范围，但是一无所获，他们不得不转移寻找探查的视线，开始在内陆沿着经度往东径直寻找过去。

南美草原风光无限，越靠近内陆人烟越稀少。探险队渡过拉克河和杜巴尔河后，前方已经出现了安第斯大山脉的险岭峻峰。

巴嘉内尔一路忙得不亦乐乎，他边走边观察随身携带的南美地图，他对路过之地考察得格外仔细，一一对照书上所载文字记录。

对于同伴们提出的各种疑问，他回答得非常出色，走在前面的向导也不时回头用钦佩的眼神看看巴嘉内尔。空闲之余，巴嘉内尔便独自一人学习西班牙语。

几天过后，探险队已经深入了安第斯山脉，他们不走向导熟悉的两条穿山小路，而是选择另外一条狭窄的安杜谷小道艰难地跋涉。要知道，只有安杜谷小道才真正位于南纬37度在线。

山道曲折，小路坎坷，险谷幽深，山峰险岩重重叠叠，有几座峭崖已是摇摇欲坠。这一带是地震、火山的多发地区。山高路险，但爵士等人却是毫不畏惧。

这些地方的自然标志如一株树、一堆石头、一方山谷，都极有可能在某次地震中改变形态或者隐没。失去这些自然标志，向导根本就无法带路。

这时，向导已经技穷才微，再也辨认不出上次来的路径了，骡子也累得气喘吁吁。这些情形爵士瞧得非常清楚，大家都心知肚明。

于是，爵士转身和巴嘉内尔交换了一下意见，立刻便和向导、骡夫结账了事。探险队员再无他念，只管一心一意穿山越岭，一路艰行。

前方道路坎坷不平，身体极棒的穆拉第和威尔逊两位水手扶弱携幼，众人极为感激。尤其是罗伯尔，他年幼身小，在他们两位水手屡施援手的情况下，才勉强赶上大家。

路越来越陡，山越来越险，高处不胜寒，草木略显枯稀，但大家依然能够见到高原的珍稀动物骡马、羊驼。

眼看山顶渐近，视野之中冰壁耸立，寒气慑人，高空缺氧，呼吸困难，每走一步极费劲力，稍有疏忽，都有可能摔倒滑落，此处山高险阻，常年冰川不融，大雪不化。

夕阳西下，傍晚来临。葛林艾凡爵士愁眉苦脸观察周围何处能更好夜宿之时，迈克凯布斯少校突然手指前方，说道："前面好像有一座土屋！"

要不是少校，任何别的人就是从那小屋旁边走了一百遍，乃至从那小屋顶上踏过去也不会发现那里有间小屋。那只是雪地上略略凸出的一点，和周围的岩石混在一起，很难辨别。

那小屋埋在雪里了，非扒开不可。穆拉第和威尔逊拼命地扒了半小时才把那小屋的入口扒开，全队的人都赶快挤了进去缩成一团。

那座小屋是印第安人用土坯建成的，土坯是一种黏土制成，日晒后变硬吸热，十分坚固。爵士一行人发现小屋甚为简陋，但房虽小，七个人住宿一夜还是能勉强度过，僻角处还存放一个可供取暖的炉灶，大家不由齐声欢呼。

"总算有个栖身之处，虽然不很舒服，"葛林艾凡爵士说。"感谢上苍，引导我们来到这可以栖身的地方！"

"还嫌不舒服吗？是一座王宫啊！只可惜没有禁卫军和朝臣。我们在这里算是舒服极了。"巴嘉内尔说。

"再烧上火就更棒了！"奥斯汀说，"饿是饿了，但冷还是第一位的。也许能找到点木柴吧！那可比打到野味更让人兴奋！"

"好呀！我们想法子去找点东西来烧烧。"巴嘉内尔说。

爵士和威尔逊大步跨出小屋，巴嘉内尔尾随其后。三人走到洞外干燥的地方寻找干枯的苔藓茅草，雪峰冰巅没有木炭取火之物。

不一会儿，倒也幸运地捞起了一堆茅草。爵士想到漫漫长夜，没有温火暖身实在是过不了这一宿，他带着水手威尔逊继续寻找茅草。

巴嘉内尔踮足长望，但见安第斯山脉连绵千里，纵横天地之间，蜿蜒多奇。看那安杜谷火山，口喷长烟，轻摇直上，却是另一番风光。

那地方没有树木可以当柴烧，幸而有一些干枯的苔藓巴在岩石上，他们采集了很多，还有一种植物叫做"拉勒苔"，根可以烧得着，他们也拔了一些。这些宝贵的燃料一拿回小屋里，就放进炉灶，堆起来。

因为空气稀薄，所以那火既不容易点着，也不容易维持。这至少是少校的看法。

"另一方面，"少校又补充说，"水沸也不需要100度，爱喝百度沸水煮咖啡的人也只好迁就点了，因为在这种高度，水不到90度就开。"

少校说得没错，水煮开以后，拿温度计一测才87度。不管怎么样，大家终于又喝上了热咖啡，舒服极了，至于干肉，似乎有点不够分配。

巴嘉内尔又突发奇想了：

"要是再有点烤骆马肉，那就更棒了！听人说骆马可替代牛羊，我倒想知道骆马肉是不是可以替代牛羊肉！"

"啊，巴嘉内尔先生，您对这样的晚餐还不满足吗？"少校问。

"满足极了，我的好少校，不过我承认，如果有盘野味，我更欢迎。"

"算得上美食家了！"少校说。

"我接受您给我扣的这顶帽子。不过，你自己难道一点也不吃吗？"

"也许想吃吧！"

"如果现在让你去打猎，你能走进寒冷和黑暗吗？"

"那当然啦！你如果真这样想的话……"

就在这时，突闻野兽吼声不断，啸声不绝，各自心头不禁一惊。不由暗想，这千丈万仞山巅，怎么会有野兽出没呢？此时，吼声越来越响，啸声越来越近，稍一细听，便可听见野兽杂乱的奔跑声，直奔小屋而来。

"没有野兽，这声音是哪里来的？"奥斯汀说，"你们不认为声音越来越近了吗？

"我们去看看。"葛林艾凡爵士说。

"我们以猎人的身份去看。"少校说着，同时拿起他的马枪。

黑暗中，模糊不清的兽群狂冲而来，在离他们不到一英尺的地方一冲而过。爵士他们根本看不清是什么动物。众人本能地趴在地上，唯有巴嘉内尔临危不惧，趋步靠近。

巴嘉内尔正要细眼观望，突见一物蹿起将他立马扑倒在地，半晌不作声，情急之中，他双手紧紧抱住了头部。少校一声不吭，横枪在臂，砰的一声，朝兽群开了一枪，依稀望见有个黑影猝然倒地。片刻之间，兽群飞奔山崖下不见了踪影。

少校走上前去看到雪地上躺着一只死兽。

众人一边夸奖少校神枪无敌，一边赞扬猎物皮嫩。众人拽那死兽进屋里，借炉中火光一看，巴嘉内尔首先拍掌大笑道：

"妙啊！这样夜深气冷之时有烤驼肉吃，倒也不失风雅。这可是只健壮的南美驼马啊！"

众人听后哈哈大笑。

笑过之后，众人不得不回到现实中来。这些雄壮的南美驼马为什么不顾疲劳飞身奔跑？大家百思不得其解，伴随着这个问题和一日的劳顿恍恍入睡。

只有爵士睡不着，他内心的不安使他难以入睡。不由自主地又想起那群野兽朝一个方向逃，又想到它们那种不可理解的惊骇。

像这样的高度，猛兽根本不多，要说猎人吧，更少了。是一种什么恐怖把它们赶向安杜谷的深坑呢？恐怖的原因何在呢？爵士预感到不久会有灾难到来。

炉灶里炭火的"劈啪"声不时地将他惊醒，火光中他看到了同伴们熟睡的脸和墙壁上忽闪忽视的影子。

慢慢的爵士也恍恍入睡。刚睡不久，隐隐约约听到一阵轰轰声由远及近，好像是雷声。爵士想证明这一点，就走出了小屋。

就在一瞬间，爵士忽然觉得脚底下的地面在陷落，看见小屋在摇摆，在崩裂。

"快逃命啊！"他狂吼了一声。

那间小屋裂开了，人们打着滚儿抱作一团，一下子摔到了一个陡坡上。

天亮了起来，眼前景象真是骇人。群山的面貌都忽然变了：许多圆锥形的山顶被齐腰斩断了，尖峰摇摆摆地陷落下去，不见了，仿佛脚下的地面忽然开了门。

由于在高低岩山区发生了这样一种特殊现象，整个一座有几公里路宽的山，向平原的那面涌过去。

"是地震！"巴嘉内尔惊呼。

地火在地下燃烧，火山口嫌太小的时候，便要冲击地面上别的部分，从而引起大震荡。

这时候七个探险者都用手攀着苔藓，拼命地扒住那座平顶山头的边缘，头晕眼花，惊慌失措，而那个大山头正以每小时90公里的速度，向下驰行。

叫也叫不出，动也不敢动，逃也无可逃，止也不能止。他们已经失去了掌握自己命运的能力……

飞驰的速度、剧烈的摇晃、凛冽的寒风、狂舞的碎雪使每个人都处在半昏迷状态，他们唯一没有忘记的是抓住能抓住的一切，那是最后的求生本能了。

大伙儿也不知过了多少时间，崩滑的山头突然被什么东西挡了一下，猛然停止了下滑，爵士等人被惯性抛到了空中，只听得

"啪啪噗噗"接连几声重响，大伙儿先后摔落在地。

直到此时，众人才摆脱了地震山崩的折腾，慢慢清理头绪，重新观察自己。虽然没有什么损伤，但一回想起刚才那山崩地裂的情景，大家不由得背凉汗冷。

迈克凯布斯少校是第一个站起身来的。他回顾周围，不由得目瞪口呆，年小体弱的罗伯尔不见了。

土著神枪手

这时，大地寂静无声，地震已经平息了。地下的震力一定是移到更远的地方破坏去了。因为在安第斯山脉里经常总有个地方在摇撼或颤抖。

当大家都知道小罗伯尔不见了的时候，众人的心情像刚刚经历的那场惊心动魄的地震时一样，又担惊受怕起来。

"朋友们，我的朋友们。"爵士几乎声泪俱下地说，"我们非去找他不可，非找到他不可！我们不能就这样把他丢掉啊！所有的山谷，所有的悬崖，所有的深坑，我们都要找！"

"老天爷保佑罗伯尔还活着吧！丢了他，我们还有脸见他的父亲吗？为援救格兰特船长而牺牲了他的儿子，这成什么话？"

众人分头在周围寻找，叫喊着罗伯尔的名字，希望他平安出现在大家的面前，但依然是一无所获。

一天就这样过去了。夜是平静的、安宁的。当旅伴们躺着休息的时候，爵士又爬上了高低岩山坡。他侧耳倾听着，希望能听到呼唤声。他独自一个寻找着，并且用失望的声音呼唤着。

那可怜的爵士在山里彷徨了一整夜，大家的心情也都很沉重，不由得仰天悲叹。任何理由都不容许再耽搁下去，为了全体的利益，出发的时间不能再往下拖了。

爵士不舍得走，说再等一小时。那样子仿佛死刑犯在恳求将执行的时间后延。

一个小时，又一个小时，时间已近中午。

迈克凯布斯少校征求了大家的意见以后，坚决地告诉爵士，现在必须走了！

"好了，好了，我们走吧！走吧！"爵士喃喃地说。

他这样说着，眼却还在搜寻着少校背后的山岭。突然，他的手抬起来，仿佛中了风一般，一动不动地指着天空。

"看，你们看！在那儿，那儿！"

大家朝着爵士指着的方向看去，空中出现了一个黑点，而且越来越大，原来是一只苍鹰在高空中飞翔呢！

苍鹰目光犀利，它能在6000米的高空俯瞰大地，能够清晰地分辨草原上的牛羊鹿兔。它们在这区域里长得异乎寻常地庞大，力量也大得惊人，能把牛抓起来，丢到深谷里。

它们常常袭击平原上的羊、马和小牛，用爪子把它们抓到很高的高空。没有食物的时候，它也不会放过死尸。

爵士全神贯注地注视着苍鹰在空中盘旋，忽见它猛拍几下长翅，急速陡落向远处的山岩扑去，似乎发现了猎物。

"是不是罗伯尔遭遇不测了？"爵士心口一紧，眼中透出浓浓的忧虑。再睁眼观望时，苍鹰复又返飞高空，利爪之下已多了一具人体。

爵士连声叫苦，鹰爪之下正是罗伯尔。他记得罗伯尔所穿服饰的颜色。

"啊！"葛林艾凡爵士大声呼叫，"宁可让罗伯尔的尸体在岩石上摔碎，也不能让那兀鹰……"

爵士提枪在手，右眼轻闭，左眼直望，久久不敢开枪。

"让我来！"迈克凯布斯少校说。

他立刻眼定手稳、全身不动地瞄准那只兀鹰，这时那只兀鹰已经离他150米远了。

枪口对准了高空中的苍鹰，正准备扣动扳机，这时，另一边山谷的岩石间传来"砰"的一声枪响，打中了苍鹰。

那苍鹰的头耷拉了下来，双翅依然伸展着，仿佛降落伞一般落了下来。它的爪子还抓着罗伯尔，落到了离大家不远的河岸上。

众人来不及细想快步奔苍鹰坠落处，兀鹰已经死了。罗伯尔的身体被它的宽大翅膀掩盖着。

葛林艾凡爵士扑到小罗伯尔的身旁，把他从鹰爪下拖了出来，放在草地上，把耳朵贴到他的胸口上听。

"活着！他还活着！"爵士响亮地大叫了一声，惊讶与欢喜交织在一起，透彻地洞穿了人的脊髓。

喜上眉梢的探险队员们兴奋地大笑起来。一会儿工夫，爵士剥掉了罗伯尔的衣服，用冷水浇在他脸上。

小罗伯尔动了一动，睁开眼，看了看，开始能说出话来："啊！是您，爵士……我的父亲啊！"

爵士激动地说不出话来，他跪在罗伯尔身旁，放声大哭起来。

这可真是个奇迹啊！

直到此时，大伙儿才想起那位在紧急之时开枪救罗伯尔的人。在山坡一侧的岩石边，一个剽悍汉子提着长枪威严地站立在那儿。

葛林艾凡爵士和迈克凯布斯少校齐步走向那个大汉。那个大汉脸上涂着红、白、黑三种花边，慈目面善。

大汉披着一件驼皮大衣，内衣是狐皮的。腰里挂着一个小袋，袋里装着涂脸用的颜料和弹药。靴子是牛皮的，鞋带也是牛皮的，交叉地绑在小腿上。

爵士用手势表达了他们对这位印第安人的感激之情。

大汉似乎听不懂他们说些什么，但他知道爵士他们是友好的。巴嘉内尔这时快步奔来，立刻用刚刚学会的西班牙语问候那个印第安人。那人不解，巴嘉内尔又补充了几句，那人还是不解，但也说了几句话。

爵士和少校疑惑地交换了一下眼色，他们细心地听了一会儿，觉得双方交谈中印第安人的语言像是西班牙语，巴嘉内尔的发音却很怪异。

又费了好一阵时间，巴嘉内尔终于了解到了对方的一些情况。

救罗伯尔的那个印第安人名叫塔卡夫，塔卡夫这个词在当地土语中意思就是"神枪手"。塔卡夫枪法超群，而且对巴塔戈尼亚高地和阿根廷草原的道路、河流了如指掌。

葛林艾凡爵士正需要这样一个好向导，于是，他让巴嘉内尔向塔卡夫表达了想雇请他当向导的意思，塔卡夫非常爽快地答应了，他以前就是干这一行的。

探险队得到塔卡夫的相助，真是如虎添翼。

第二天，当探险队在临时帐篷处装备完毕，各人上了马准备出发时，塔卡夫立时指塞嘴唇，长啸一声，啸声刚停，对面山脚下的树林中闪出一匹棕红色的马，朝塔卡夫直奔而来。

少校是军旅行家，立时就看出那匹马是匹罕见的宝马，忍不住称赞了起来。塔卡夫听少校称赞他的马，心里当然高兴，呼喊着马的名字，牵住缰绳，抚摸起骏马来，而巴嘉内尔就理所当然地成了翻译。

塔卡夫那种自然的健壮姿态，那样的灵活，那样的从容自在。大家都在赞美他，他却毫不在意，跑到队伍的前头去了。

全队开始出发，有时奔驰，有时缓行，从来不用快步小跑，这些马似乎不大懂得什么是中速，不懂得用小步快跑。

10月24日的早晨，距他们从海边出发已整整10天了。旅行队距科罗拉多河和37度线交叉处有150千米，就是说，还要走上三天。

爵士一行人一直沿着一条直线走，迎着太阳升起，背着太阳落下，一点也不偏离这条直线。塔卡夫心中感到颇多疑惑，因为他明白，这条直线既不通往村庄，也不通往集镇，只是和一些大路小路交叉一下而已。

旅行队走的路线有几次经过横过草原的小路，其中有一条相当重要，是由卡门通到门多萨的。卡塔尔终于压抑不住疑问和巴嘉内尔谈论起来。

就这样，巴嘉内尔费了很大力气将他们这次远征的目的解释给塔卡夫听。虽然不是很明了，但是塔卡夫还是明白了他们在寻找一个俘虏，并且表示很愿意协助他们完成这次远征。

巴嘉内尔还从塔卡夫那里打听到有个欧洲人在一个叫卡夫古拉的酋长家里。爵士这一行人怀着一种新的兴奋心情继续启程向东。

太阳在热雾中升起，它把最热的光线倾泻到大地上。这一天一定非常热，平原里却没有可庇荫的地方，然而，大家向东进发的决心是永远不会改变的。

在路上，他们时不时地会遇到大片大片的牛和羊。它们都懒洋洋地躺在草丛里，连吃草的力气似乎都没有了。牧人根本不见影儿。只有那些口渴时习惯喝羊奶的狗在守护着那些大群的牝牛、牡牛和牯牛。好在这些牛都被驯化，不像欧洲的牛见了红色就害怕。

在这种热带的气候下，连马都大张着嘴，一副喘不过气来的样子。除非偶然飞来一片浮云把火球遮住，这时就有一片阴影在平地上流动着。

于是，骑马的人赶快鞭打着自己的马，追着那被西风吹到他们前面的云影。但不一会儿，太阳又赤裸裸地在那烧得发焦的草原上面洒着火雨，真是让人难以忍受。

大家在行走十分辛苦的时候，事先准备好的水在这时却不够饮用了。与此同时，沿途的水源也罕见的可怜，路上没有河，印第安人原来挖的一些浅井也干了。

塔卡夫的经验告诉大伙儿，要补充水分必须抵达盐湖。葛林艾凡爵士希望大伙儿稍加忍耐，急速前进。

当大伙儿千辛万苦抵达盐湖时，他们差点气得连嘴唇都要破裂，原来盐湖早在几个月前就被太阳蒸发干了。

草原红狼

  当塔卡夫预告盐湖有水可喝的时候，他指的是那许多入湖的淡水河流，然而不论是湖还是河，都让太阳烤干了。所以，那口渴万分的旅行队到达盐湖湖岸的时候，没有一个人不惊愕万分。

  这时已经是晚上了，疲惫不堪的大家在一个印第安人遗弃的皮帐篷里躺下休息。补充水分一时间成了焦点问题，葛林艾凡爵士感到这的确很棘手。

  塔卡夫说他知道在50多千米外的瓜米尼河有充足的水源，不妨一试："我们中间，谁的马又疲又渴，走不动了，就沿37度线这条路慢慢往前挨。马还能走的就赶到前头去，侦察那条瓜米尼河，如果河水够多，就在河岸上等候后面的人；如果水没有了，就赶回来迎后面的人。"

  爵士同意了这个建议，因为这样可以避免大家走冤枉路。小罗伯尔毛遂自荐要和爵士、塔卡夫同行。

  第二天早上6时的时候，塔卡夫、爵士和罗伯尔三个人的马都准备好了，给它们喝了最后一份水。然后三个人跨上马鞍，不一会的工夫就回头看不见巴嘉内尔那队人马了。

塔卡夫常常回头看看罗伯尔。这孩子小小年纪，坐在马上非常稳当。他腰肢灵活，肩背前倾，两腿自然下垂，双膝夹鞍，骑姿非常漂亮。塔卡夫看了十分满意，小罗伯尔已经成为一流的骑手了，值得受他赞赏。

"孩子，塔卡夫在赞赏你呢！"爵士看见了塔卡夫的神情，便这样对小罗伯尔说。

"为什么赞赏我呢，爵士？"

"因为你骑马的姿势好。"

"啊！我骑得踏实罢了。"小罗伯尔听到人家称赞，乐得脸红起来了。

"最重要的就是骑得稳！"爵士说，"你太谦虚了，我可以预言，你将来会成为一个出色的运动员的！"

"好嘛！父亲要把我造就成一个水手，我却做了运动家，他该怎样说呢？"罗伯尔笑着说。

"做运动家并不妨碍做水手呀！好骑手并不一定都能成为好水手，但是好水手都能变成好骑手。因为在帆架上骑惯了，就能在马上骑得踏实。"

"唉！我可怜的父亲！爵士，您救了他，他会多么感激你啊！"

"你很爱你的父亲吧！罗伯尔？"

"是的，爵士，他对姐姐和我都太好了。他一心一意只想到我们！每次旅行回来，凡是他所到的地方，都带回一点纪念品给我们。"

"回到家就抚摸着我们，亲切地和我们说话。啊！您将来认识他，一定会喜欢他的，他说话的声音温柔得很。您说，一个当水手的说话那么温柔，真不可思议，是不是？"

"是的，确实是很奇怪的，罗伯尔。"

"我现在还仿佛看见他在我的眼前。"那孩子仿佛在自言自语地说，"慈爱的父亲啊！好父亲啊！

"我小的时候他摇着我睡觉，他总是一边摇，一边哼着一首苏格兰的歌曲，歌曲里是赞美我国的湖泊。我隐隐约约地还记得那调子，不过模模糊糊的，姐姐玛丽也记得。啊！爵士，我们是多么爱他啊！我想一个人越小越爱父亲！"

"越大就会越尊敬父亲，我的孩子。"爵士回答，他听了小罗伯尔的话，心里十分感动。

他们这样谈着的时候，马已经走慢了，改用缓步前进。

"我们一定会找到我父亲，是吗？"罗伯尔沉默了一会，又说。

"是的，非找到他不可！"爵士坚定地说，"塔卡夫为我们提供了很好的线索，我很有信心。"

"好个正直的印第安人啊！这个塔卡夫！"这孩子说。

"的确是的。"

"还有件事，您晓得吗？"

"你说说是什么事儿？"

"和您在一起的人个个都那么好！海伦夫人、少校、孟格尔船长、巴嘉内尔先生，还有那些水手们！"

"是的，我知道，我的孩子。"

"你可还知道，您是这些好人中最好的人吗？"

"啊！这话从何说起，我还不知道呢？"

"您应该知道呀！"他说着，拉着爵士的手放到嘴上吻起来。爵士不说话，只是轻轻地摸了摸罗伯尔的头。

炎热的天气让爵士三个人热得透不过气来。走了一段路程，其余的两匹马都不愿再走下去了，只有塔卡夫的骏马愿意继续它的旅程。

时间宝贵，后边的人还在等他们的消息呢！

没过多久，塔卡夫的坐骑也变得焦躁不驯，它张开鼻孔和嘴巴喘着粗粗的大气，不停摇着颈脖，它总想要挣脱缰绳直冲向前

这时有经验的塔卡夫喜上眉梢，他告诉同伴："它一定是发现水源了。"

话刚说完，那匹骏马突地直冲向前方。果然不出塔卡夫所料，前面不远处有一条波澜壮阔的大河。这时已经快到下午3点了。

它们的主人也不由分说地被驮到河里，洗了个冷水澡，虽然

衣物都湿了，但一点也不抱怨。

"啊！真好呀！"小罗伯尔先是叫，然后在河心大喝特喝。

"喝慢点啊！我的孩子！"爵士告诫着他，但自己并不以身作则。

一时间，水面上只剩下了人和马"咕噜咕噜"的喝水声。

人和马拼命喝着瓜米尼河的清水，喝完水后，他们决定先找一个地方住宿下来，按照原计划在这里迎巴嘉内尔他们。

在河边，他们很快找到一个三面有木柱围起、只有一面是缺口的院落。塔卡夫说这是当地人用来关牛马用的，而塔卡夫的旅伴们并不强求在屋子里过夜。所以，他们就不用另找地方了。

有了营地，三个人便抓紧时间脱下衣服来在太阳下晒干。

"下一个问题是晚饭。他们来了，肯定已经疲惫不堪了，住的有了，吃的也要弄好。我想现在去打一个小时的猎，不应该算是浪费时间吧！罗伯尔，怎么样？"爵士问道。

"准备好了，爵士。"那孩子回答说，一骨碌爬起来，手里拿着枪。

爵士想到了打猎，是因为他知道这一片有水的地方，就像沙漠中的绿洲，各种动物和鸟类都会不约而同地聚居在这里。

兽类是看不见的，但是塔卡夫指了指那些深草和树丛，表示兽都在那里面藏着。我们的猎人只要走几步路就到了世界上最富饶的猎狩区。

半个小时以后，狩猎结束，因为打到的东西已经足够多了。

爵士打到了一只野猪，据说这种厚皮兽的肉特别好吃。罗伯尔打到了一只罕见的浑身长着鳞甲的犰狳。塔卡夫打到了一只鸵鸟，这种鸟跑起来的速度是相当惊人的。

天黑了，但巴嘉内尔他们还没赶来，其中的主要原因不排除人渴马乏。看这情形，今晚爵士他们三人只能露宿了。三个人把打来的猎物剥皮拔毛，生火添柴，准备了一顿丰盛的晚餐。

马也没有被忘记，院子里堆了大量的干槁草足以给它们吃饱之用。爵士和罗伯尔的坐骑经受不住一日的折腾卧地而眠，唯独塔卡夫的骏马站守在院落当中。

夜深了，微弱的星光照耀着无声流淌着的瓜米尼河，水面上升起了薄薄的雾。

大地一片沉寂，爵士、罗伯尔和塔卡夫都进入了梦乡。

半夜三更的时候，一阵轻微的声响惊醒了塔卡夫，他一跃而起，他感觉到危险正在靠近。因为他的骏马喷着粗粗的鼻息，平时他的马遇到劲敌就是这样表达不安的。

通过未灭的炭火，塔卡夫看到，众多的黑影偷偷地围住了院落，他明白是一些凶残的野兽。

他准备好了兵器和弹药。一声长啸在夜深人静时陡然响起，爵士和罗伯尔都被惊醒了。

"那是什么？"罗伯尔问。

只听"砰"的一声枪响，塔卡夫一枪打倒一头肉红色的如狼大小的猛兽。仓促之际打出这一枪，倒也吓住了那伙进攻者。塔卡夫依然持枪御兽，告诉两个同伴他们遇到了草原红狼！

　　"别害怕，罗伯尔。"爵士说。

　　"我不怕，爵士，"他用坚定的声音回答，"和您在一起，我什么也不怕。"

　　"好极了！这些红狼也并不是什么了不起的野兽，只要不是来得太多，我睬也不睬它们。"

　　葛林艾凡爵士看见罗伯尔惊恐的目光，拍了拍罗伯尔的肩膀，暗自却连声叫苦。

　　草原红狼又称鬣狗，毛是棕红色的，背脊上有一条黑毛。它们行动敏捷，习惯栖息于沼泽地区，可以在水里捕食，也常常袭击牛群、羊群和马群。它们昼伏夜出，行动起来成群结伙，是很难对付的凶残野兽。

　　爵士从那幢幢的黑影和成片的号叫声中判断，这次来的红狼绝不是个小数，他们三个人的情况可以说是惊险万分了。

　　这时候，群狼组成的包围圈在逐渐缩小。马也醒了，作出极端恐怖的表示。只有塔卡夫的宝马桃迦在用蹄子踹地，想挣断缰绳，冲到外面去。它的主人不断地打着呼哨，劝阻它，才使它安定下来。

　　爵士和罗伯尔守卫着院子的入口。他们的枪都上好了子弹，正要对那第一排红狼开火。这时，塔卡夫突然抓住了他们的枪。

塔卡夫把子弹袋翻过来让他们看，爵士立刻就明白了。因为白天打猎消耗了不少子弹，要对付这些草原红狼，子弹远远不够。

塔卡夫飞快地烧起了一堆熊熊大火，他想凭这堵火墙抵挡草原红狼的疯狂进攻。明亮的火光，让爵士和罗伯尔看清了侵略者的数量，简直是太多了！

塔卡夫他们三人不敢浪费一颗子弹，他们只知道打出一颗子弹就应打死一头草原红狼。15发子弹干掉了15头红狼，但火光渐暗，子弹也所剩无几，夜更深了。

当最后一颗子弹打出去后，塔卡夫抽出锋利的佩刀快速地结果了几头红狼。离天亮还早着呢！红狼要等到太阳升起后才会离去。

令他们意料不到的是，红狼不再硬冲硬闯了，它们改变战术，一心想摧毁那堵木柱围墙。如果木柱围墙真被红狼摧毁，后果将是不堪设想。

惊恐不定的马匹挣断缰绳，在围墙里乱奔猛跑。塔卡夫的骏马正围着他绕圈子。塔卡夫独自沉思了片刻，立即快速将鞍辔安在他的骏马身上，又飞快绑牢马肚带。

"你这是干什么？"爵士慌忙抓住想上马的塔卡夫。

"我骑上我的骏马借机引开红狼，你们在这里，不会有危险。"塔卡夫知道眼下情势危急，若不将红狼群引开，三人都难免一死。

"塔卡夫，我不能让你冒这个险！"爵士斩钉截铁地说道。

爵士在激动的情绪中，把英语夹在西班牙语里一块说。但是语言有什么关系呢？在这紧急关头，手势就可表达一切，他们很快就互相了解了。

"事不宜迟，应该当机立断！"塔卡夫说得很急。

"好，让我一个人去吧！你保护好罗伯尔。"爵士也很果断。他也知时机稍纵即逝，虽然此举凶险无比，却也不在乎了。

他们都争先要骑马引开草原红狼。

爵士正要抢步上马，突觉肋下一紧，身不由己向一侧倾倒，幸亏脚步稳扎，没有摔倒。与此同时，一个矫捷身影飞身上马，只听得一声"对不起，朋友们！"。

那正是罗伯尔的声音。

罗伯尔此声一落，人马已奔出院外，骏马奔跑得奇快无比。红狼一窝蜂地涌去追那匹马，全体一致向西跑去。

转眼间，院落又平静如初。

葛林艾凡爵士得知是罗伯尔骑马引开红狼，急得捶胸顿足，后悔莫及。但塔卡夫却镇定自若，说道："他不会有事的，因为他骑的是骏马。"

即使塔卡夫有这样的信心，那可怜的爵士还是急得要死。他连自己脱险没有都不顾了，几次要骑马去追罗伯尔，都被塔卡夫给阻止了。塔卡夫说别的马追不上桃迦，桃迦一定会把那群狼远远地丢在后面，而且要找罗伯尔，在黑夜里也找不着，一定要等到天亮。

天刚一亮，一夜无眠的爵士催促塔卡夫一同寻找年小体弱的罗伯尔。爵士一上马背，立时挥鞭猛抽，那马吃痛不起，昂颈长嘶，马蹄响起，远远把塔卡夫抛到后面。

在一个小时之内，他们没有发现任何东西。他们一边仔细地搜寻，一边又怕看见罗伯尔血淋淋的尸体。

霎时，听到前方出现连续又富有节奏感的枪响，他知道这是和巴嘉内尔他们约好的见面信号。

爵士迫不及待又猛抽几鞭，快马上前，他依稀看到对面六个骑马人飞奔而来，走在最前头的正是小罗伯尔。

爵士大喜过望，催马来到罗伯尔跟前，纵身跃下，罗伯尔也从马上跳了下来，投入了爵士的怀抱。爵士死死抱住他不放："你昨晚的行为，吓死我了。你知道我是多么担心你啊！"

"这是我应该做的，塔卡夫把我从鹰爪中救了出来，您要去救我父亲的命，你们都不能有什么闪失。"罗伯尔已经很懂事了。

塔卡夫紧随爵士后面，罗伯尔忘不了救命恩人塔卡夫，他刚从爵士怀抱中挣出来，立刻又被塔卡夫深情地拥抱住了。罗伯尔也没有忘记塔卡夫的骏马，也对它很感激地亲了又亲。

探险队的其他成员已经渴得受不了了，争先恐后奔向瓜米尼河，纵身投入到深水中去尽情享受。上得岸后，大伙儿团团席地而坐，抓起已经烤得香喷喷的野味，狼吞虎咽地吃了起来。后来的探险队成员看着成堆的死红狼，谈起昨夜惊险，都替他们三人捏了一把汗。

上午10时的时候，皮桶装满了水，人马都喝足、吃饱、歇够了，大家就开始上路。一行人都表现出高度的奋发精神，几乎经常保持打猎时的前行步伐。

探险队继续前进，已经到了印第安人经常放牧的地区，他们要打听格兰特船长的消息也就容易些了，这地区气候宜人，和风轻拂。

塔卡夫好几次停下来瞭望远远的地平线，每次看过之后，脸上都有一种惊讶。他知道在这些平原里，平常总是能遇到许多印第安人成群结队地走来走去，现在不但遇不到印第安人，连他们过路的痕迹也没法找到了。

塔卡夫和建议大家继续往东走，一直走到独立堡。因为独立堡在大家寻找格兰特船长的路线上，到了那里，即使还得不到格兰特船长的消息，至少可以知道阿根廷平原上的印第安人到哪里去了。

大家接受了塔卡夫的建议，探险队继续向前挺进。

在11月6日，马蹄踏上坦狄尔山最初的几段草坡了。一小时后，坦狄尔村已经看得见，它深藏在一个狭窄的山坳里，上面是独立堡的城垛。

他们来到了驻军要塞独立堡，求见了独立堡的驻军司令。

独立堡驻军司令是个客居他乡多年的法国军官。也许是入乡随俗的缘故，他的法语说得越来越不纯正了。

虽然如此，他对欧洲来客却格外热情，尤其是对巴嘉内尔倍显亲切。他直言不讳："因为阿根廷发生了内战，这里的一些印第安人部落全都举家迁往北方去了。"

"请问，您是否听说过几个欧洲人被当地土人俘虏的事？"

"三五年前还是有的，但最近两年我却没有听说过啊！要是有，怎么瞒得了我！"

听到驻军司令的果断回答，证明了大家之前的判断是错误的，探险队最后连半点希望也消失得无影无踪。没有再在独立堡停留的必要了，于是，大家向独立堡的驻军司令握手告别。

葛林艾凡爵士觉得自己之前的希望完全覆灭了，心里十分难过。在他的身边走着的罗伯尔，一路上一声不吭，幼小的年龄和瘦弱的身体与别人相比更显得形单影只。

巴嘉内尔一直在自言自语着，而少校的嘴唇却一动也不动。塔卡夫则因为他那印第安人的自信与自尊受到了打击而懊恼万分。

巴嘉内尔又向爵士要出了那三张漂流瓶里的信，他满脸沮丧地重新研究着，努力要找出一个新的解释。

"信上说得很明白了啊！沉船地点，被俘地点，无可置疑！"爵士说道。

"也未必！"那地理学专家巴嘉内尔敲着桌子回答，"一百个未必！既然格兰特船长不在判帕区，他就不在美洲。究竟格兰特船长会在什么地方呢？这信应该告诉我们，它一定会告诉我们。"

大伙儿垂头丧气地往大西洋海岸进发，这里离大西洋沿岸只有240千米的路程，再走四天就可以和"邓肯"号会合了。

逃上大树

难道这次寻访就这样失败了吗？没有找到格兰特船长而回到船上去吗？葛林艾凡爵士一直思索着，也无意发出启程的命令。

这时迈克凯布斯少校替爵士负起责任来，他准备好了马匹和干粮，制定了行程计划。就这样，这支旅行队在早晨8点又开始它的行程。

在路上，巴嘉内尔反复研究着那几封漂流瓶里的信，那些咒语似的几个字让他愤怒，也逼着他下决心非研究出个结果来不可。

中午时分，他们走完了倾斜的山坡，进入了平原地带。

溪流与植被多了起来，判帕区草原上最后一片峰峦消失在他们背后。在如茵的绿色草原上，马儿们的步子仿佛也轻快了许多。

以前一直是晴朗的好天气，今天却有了变化，空中满是乌云。幸好这一天，大片的乌云没有变成倾盆大雨。晚上的时候，马轻快的一口气跑了65公里之后，就在一些很深的大小坑边歇下来，那地方没有任何掩蔽。

第二天，地势越走越低，潮气越来越重。大大小小的沼泽地不断地出现在他们面前。

这些泥窝已经不知道害死了多少人和牲畜。罗伯尔在前头半公里走着，忽然打马回来，喊道："巴嘉内尔先生！巴嘉内尔先生！有一片长满牛角的林子！"

"啊！牛角的林子？"巴嘉内尔回答，"你确实看见一片林子长的是牛角吗？"

"是的，一片小丛林。"

"一片小丛林，你在做梦吧！我的孩子？"巴嘉内尔驳斥着，耸耸肩。

"不，不是做梦。你自己来看看吧！太怪了，在地里种牛角，牛角长得和麦子一样！我倒想弄点种子回去！"罗伯尔说。

"他说得倒是正正经经的。"迈克凯布斯少校说。

罗伯尔没有说错，走了不远大家就看见一大片牛角地，牛角种得很整齐，一眼望不到边，真是一片小丛林，又低又密，真是奇怪得很。

"真是怪事了。"巴嘉内尔说着，同时回头望着那印第安人，请教他这是怎么回事。

"牛角伸出了地面，但是牛在底下。"塔卡夫解释。

"一群牛怎么陷在泥里面了呢？"巴嘉内尔惊叫起来。

果然是一大群牛踩动了这片土地，陷下去死掉了，足足有好几百头牛呢！这种惨剧在阿根廷平原上并不鲜见，这是对行人最好的警告。大家小心地绕过了那片牛角林。

塔卡夫是第一个感觉到前途凶险的人，他发现天空云翻雾覆，空气越来越潮湿，路上沼泽地也越来越多。紧接着一场大雨，持续了30多个小时。

没过多久，大家也感觉到，有一种隐隐的像涨潮一样的澎湃声。湿风阵阵地吹着，夹着灰尘般的水沫。许多鸟儿从空中疾飞而过，似乎在逃避着某种莫名其妙的现象。马半截腿浸在水里，已经感到洪流最初的浪头了。

当探险队意识到这一点时，已经迟了，滔天大浪滚滚扑来。果然是洪水泛滥了，洪水凶猛，铺天盖地地把探险队连人带马淹没了。

大浪滔天之际，大伙儿在浪中时起时伏，水有多大，人就被抛起多高。他们的生命已经不掌握在自己的手里了。

在一切都似乎绝望的时候，忽然听到少校的声音。

"一棵树！"

"在哪里？"爵士喊着问。

"是啊！在那儿，在那儿！"塔卡夫回答，同时用手指着北方700米至800米远的地方，孤立在水中的一棵高大的胡桃树。

不需要任何语言，大家没命地向那棵树冲去。人和马在激流中执拗地向着自己选定的方向用着力。

一个一米多高的滔天巨浪，拍打到那几个逃难人的身上。大家连人带马都滚进了泡沫飞溅的大漩涡里，几百万吨的水以疯狂的波涛卷着他们翻来覆去。

等这个浪头过去的时候，人都浮了上来，但是马匹都被洪水卷走了，只剩下桃迦还驮着它的主人塔卡夫。罗伯尔拼命抱住塔卡夫的骏马脖颈不放，任它摆布。

离树只有20米了，大家都拼命地扒水到了树边。真是幸运，要是没有这个栖身之地，大家都得葬身水波中。

水已经把树的主干完全淹没了，而纵横的树枝正是从那儿开始的，所以大家往树上爬没费多少力气。

塔卡夫松开了他的马，把罗伯尔托到了树上，然后又回过身来，帮助大家。

但是桃迦被急流冲着，很快就漂远了。那聪明的头转向它的主人，嘶叫着呼唤它的主人。

只听"扑通"一声，塔卡夫钻进洪流里去了，在离树10米远露出了水面。过了一会儿，他的胳膊架在桃迦的颈子上，就连人带马随大水而去。

爵士他们逃上来的这棵树，树冠呈圆形，叶子油亮亮的，与胡桃树非常相近，但却不是胡桃树，而是一棵翁比树。

翁比树是一种独生的树，它树干粗大，根系发达，主根深入地下，副根从各个方向把树干稳稳地固定住，能抵抗任何方向的风力和洪水。

这棵翁比树高有30米，浓荫覆盖着周围约120平方米的面积。主干和支干层层叠叠地盘旋而上，真像大自然的一柄巨伞。

水面上漂浮着一些被连根拔起的大树、已经被淹死的牲畜、草屋子的屋顶、血糊糊的兽皮……四面竟是一片洪水的天地，爵士一行人能够爬到这棵翁比树真是很幸运的事情啊！

少校在这次大水灾面前表现得非常勇敢，也十分坦然，他精心地保存好了食物和弹药，这样大家在这棵大树上就可以不愁挨饿和洪水抵抗几天了。

大家开始闲谈起来，不是谈当前的处境，因为当前的处境只有忍耐和等待，没有别的办法了。大家谈的还是那谈不完的话题：格兰特船长。

如果水退了，不到三天探险者们就可以回到"邓肯"号上。但在这次横穿南美大陆白跑一趟之后，一切希望都仿佛毫无挽回地消失了。还能去哪儿寻找那落难的格兰特船长呢？海伦夫人和玛丽小姐会多么失望，多么伤心啊！

"南纬37度线，南纬37度线。"爵士嘀咕着，"难道这还不够清楚吗？"

"会不会在其他被南纬37度线横截的地方呢？"巴嘉内尔深思一下。

"不可能，除了这地方哪里还存在戈尼亚这个地名。难道求救信真的不准确吗？不过我们也不排除多种可能性。除了南美，被南纬37度线横截的地方还有哪些呢？"爵士也为难了。

巴嘉内尔是著名的地理学家，对付这类地理常识问题，是绰绰有余的，他一口气将南纬37度在线所有的岛屿、陆地全说了出来。

当他说到澳大利亚时，猛地大叫一声："一着不慎，全盘皆输。我这时才明白，格兰特船长从来就没有到南美洲，那信上的字母我们都推测错误了。"

"那封信里的austral，不是'南半球'，而是Australie（澳大利亚）这个词的一部分！我们白下了工夫，据我推测，格兰特船长应该是在澳大利亚落难的。"

"这样的解释太怪了，澳大利亚只是个岛，怎么能称为大陆呢？"爵士不解地追问。

"这是个地理常识，很多著名的地理学者都把澳大利亚称为澳洲大陆。"巴嘉内尔从容不迫地说。

"如果是澳大利亚的话，那里应该有印第安人，可那里没有啊！"葛林艾凡爵士说。

"亲爱的爵士，你的理由是站不住脚的！"巴嘉内尔胸有成竹地说。

"那就请说一说吧！"

"信里面根本就没提什么印第安人和什么巴塔戈尼亚！"

"那个'indi'是'Local indigenous'（当地土著）的意思，而不是'Indian'（印第安人）！你难道认为澳大利亚没有土著吗？"

"嗯！有道理！"少校认可地说。

听到巴嘉内尔这一说，大伙儿又为之一振，都从失望的深渊中一下子解脱了出来，希望之火照得大家心明眼亮，心一下子就飞到澳洲去了。罗伯尔比其他人更为兴奋，要知道，他父亲的下落终于探明了。

大家东谈西谈，不觉天色已晚，树上的客人不但因为遭了洪水，流离颠沛而感到疲惫不堪，而且这一天又特别热，他们在毒辣的太阳底下烤了一天，更感到支持不住，只好以睡来结束这惊心动魄的一天。

就在天快黑的时候，整个东边的地平线处起了暴雨的景象。一片又厚又黑的云渐渐升起来，把一颗颗的星明显掩盖住了。这片云显得阴森可怕，不久就占领了半边天，仿佛把这半个天空都遮住了。

第一声炸雷在空中炸响，是在晚上11点。雷光电火直窜近大树，树干立时燃烧起来，火势很凶猛。

天与水之间成了电与火的世界，而水中的倒影又把这电火扩大了一倍，世界被火光充塞满了，翁比树就在火的世界的中心。

火一下子蹿上了威尔逊的衣服，到了此时，他只得扑入水中，刚用水浇灭身上的火焰，立时他又大喊大叫了起来：

"上帝！鳄鱼！"

情急之中，奥斯汀伸手抓住他的手，奋力一拉，将他拉上大树。

此时此刻，十几条凶残的大鳄鱼将大树团团围住。大水汹涌，鳄鱼围攻，急火扑来，风势奇大，大家稍不小心，立即有被吹走的危险。

树上的人死死抱住树干，连气都不敢喘，生怕被风掳走。只听"喀啦"一声大响，大树被狂风连根拔起，大树立时倾倒在水面上。树下的鳄鱼都被卷走了，只有一只爬上了树干，张开血盆大口，向人们爬了过来。

穆拉第举起一根烧断的木棍，狠命地砸在鳄鱼的腰上。鳄鱼的腰被砸断了，一翻身掉到水里，那可怕的尾巴还在拼命地抽打着水。

大树漂泊在大水之上，以惊人的速度向前滑行着，好像树皮里装着一部强大的发动机，可以永远这样漂流下去。

然而，快到凌晨3时的时候，少校让大家注意树根有时已经掠到湖底了。奥斯汀折下一个长枝子细心地探测着，证实了水下的陆地是在渐渐增高。果然，20分钟后，翁比树一撞，就突然停止了。

"陆地！陆地！"巴嘉内尔高声喊了起来。

大家都极其兴奋地跳到这块陆地上。就在这时，晨光微露，只听得远方马蹄声响，越来越近，大伙儿定眼一看，正是塔卡夫和他的骏马桃迦。

"上帝啊！是塔卡夫！"大家齐声喊道。

塔卡夫将爵士一行人带到一堆火边，火堆上串着烤得喷香的野味。大伙儿早饿得前心贴后心，毫不客气地抓起野味就往嘴里塞。

原来塔卡夫连人带马被大水冲走后，半途险遇此处。他料到大伙儿极有可能会被大水冲到这个高地上来，所以就早早准备了。

经过短暂的休整，在早晨8点，探险队在塔卡夫的引导下又开始出发了。队伍的后面的是一片汪洋，而高地上除了稀稀的几棵树以外，便是一片荒凉了。

第二天，在距海边还有24千米的时候，大家就强烈地感受到了海洋的气息。

到了晚上20时，探险者们感到相当疲乏，这时，他们看见了许多沙丘，大约有40米高，拦住一条泡沫飞溅的白线。不一会儿，涨潮的长号传到耳朵里来了。

"邓肯号！"巴嘉内尔叫起来，塔卡夫也在旁边应和着。

这些步行的旅客们原已感到精力不济了，现在却相当矫健地爬上了沙丘。

大家冲上沙丘以后，面对夜色中的茫茫大海，什么也看不清楚，更别说"邓肯"号了。水手们对着涛涛的大海喊了一阵，没有任何结果，如今再去找船显然是不明智的了。

迈克凯布斯少校在沙丘上挖了个掩体，作为睡觉的床铺，大家也都学着挖个洞，准备睡觉了。

第二天一大早，大家都被"邓肯号！邓肯号！"的叫声惊醒了。"乌啦！乌啦！"所有的旅伴都响应着爵士的声音，奔到岸头上来。

在4海里以外的海上，"邓肯"号收着所有的帆开着发动机，缓缓地行使着。船上冒出的烟与晨雾混合在一起，消失在茫茫的天海之中。

塔卡夫向天连放三枪，沙丘里远远地响起回声。

不久，"邓肯"号发现了他们，孟格尔船长指挥着豪华的"邓肯"号到了大西洋岸边。爵士一行人就要和海伦夫人他们会合了。

塔卡夫和他的宝马桃迦远远地望着"邓肯"号。

爵士跑到塔卡夫身旁，指了指远处的船，拉住他的手说：

"我的朋友，跟我一起走吧！"

塔卡夫轻轻摇了摇头。

"走吧！我的朋友。"

"不。"塔卡夫依然说得很轻，他指了指自己的马和身后的大陆。

爵士明白了，塔卡夫是不能离开这块生他养他的土地的。于是，他又紧紧地握了握塔卡夫的手，放弃了自己的请求。

罗伯尔、巴嘉内尔、少校、奥斯汀和那两个水手都来了，用动人的语句向塔卡夫告别。他们即将离开塔卡夫这个勇敢好心的朋友，心中都感到难受，而塔卡夫也用他的长胳臂把他们一齐搂到他那宽阔的胸脯前面。

巴嘉内尔想起塔卡夫常常看他那张南美及两洋的地图，就把它送给他了，这可是地理学家的宝贝。

罗伯尔没有什么东西可送，只有热吻，他热吻着他的救命恩人，同时也没有忘记热吻那匹宝马桃迦。

过了不久，大伙儿登上了孟格尔船长派来的小艇，划动木桨，徐徐向"邓肯"号靠近。

罗伯尔等人回头向岸边的塔卡夫望去，只见塔卡夫和他的宝马依依不舍地站立岸头，看着他的朋友们平安离去。

回到游艇

葛林艾凡爵士一回到船上，便被重逢的欢乐气氛所笼罩。为了不使大家扫兴，不使海伦夫人和玛丽小姐失望，他开口第一句话就说："不要灰心！朋友们，要有信心！尽管这次我们未能如愿，没能找到格兰特船长，但我们深信一定会找到他。"

爵士的这句话，着实给了大家不少的安慰，大伙仍抱有希望。大家一阵拥抱之后，就围在了一起开始谈话。首先，爵士提起巴嘉内尔，凭他敏锐的智慧给了那个信以新的解释。接着，又夸奖了小罗伯尔，尤其讲了他在遇到的各种危险面前所表现出的勇敢和机智。

迈克凯布斯少校和那位地理学家受到热烈的欢迎，那勇敢好心的塔卡夫也是必须详细讲述的呢！

席间有个秘密被爵士看出来了，那就是孟格尔船长和玛丽小姐。船长坐在玛丽小姐身旁，对她照顾得无微不至，极其殷勤。海伦夫人对爵士挤了挤眼睛，暗示这两个人从来就是这样的。

爵士慈爱地打量着这对青年男女，然后叫了船长一声。但他不是问那件事，而是让孟格尔船长汇报了这段时间航行的经过。

海伦夫人和玛丽小姐都着急地想听听爵士他们旅行的事情，于是爵士赶快满足了她们的好奇心。他详详细细，一幕又一幕地，把两洋之间的旅行说出来。

攀爬安第斯山，遇到地震，罗伯尔失踪，塔卡夫一枪打苍鹰，和红狼的恶战，罗伯尔的英勇行为，遇到洪水，在翁比树上栖身，鳄鱼以及大西洋岸上的一夜，所有这一切，不管是可乐的或是可怕的，都原原本本地说了出来，使听众们忽而欣喜，忽而惊惧。

当爵士叙述完以后，他又加了一句话："好了，朋友们，过去的已经过去了，我们还要努力打造属于我们的未来。等吃完饭，咱们再来谈谈应该如何找到格兰特船长吧！"

司务长奥比内准备的午饭，大家都吃得眉开眼笑，纷纷表示比判帕区草原那个地方的盛筵高明多了。而巴嘉内尔每样菜都取双份，并一再声称是由于自己太粗心了。

大家吃完午饭以后，都跑到海伦夫人的小客厅里来。桌子上堆满了彩色地图，谈话立刻又开始了。

"我亲爱的海伦，"爵士说，"上船时我说过，我们有希望找到格兰特船长。我们横穿美洲跑了一趟的结果，就是使人们有了这样一个信心，或者更恰当地说，有了这样一个把握。"

"那只船失事的地方既不是在太平洋沿岸，也不是在大西洋沿岸。我们对于信中巴塔戈尼亚的解释完全是错误的。幸亏地理学家巴嘉内尔灵机一动，发现了错误，重新解释了那个法文信。"

　　"因此，我们心里不应再有什么疑问了。现在请巴嘉内尔先生给大家解释一下，以便让大家明白。"

　　巴嘉内尔接受了这个请求，立刻滔滔不绝地讲起来。他把"indigenous people"和"indian"这两个完全不同的词讲得头头是道。同时，又有力地把"austral"这个词从"澳大利亚"（australia）里解释出来。

　　他证明格兰特船长离开秘鲁海岸回欧洲的时候，很可能因为轮船失控，被太平洋南部海流打到了澳洲海岸。他那些巧妙的假定和精细的推理，就连一向固执、不易受人思想左右的孟格尔船长也点头赞许了。

　　地理学家讲完之后，爵士宣布"邓肯"号驶向大洋洲。就在这时候，迈克凯布斯少校发话了，他要求允许他在轮船调头之前提出一项小小的建议。

　　"澳洲之行能否成功，我们先不去管它。我们在特里斯坦达库存尼亚和阿姆斯特丹都停留一天，好吗？这两个群岛都在我们航行路线上，用不着拐弯，或许可以搜寻'不列颠尼亚'号在那里沉没的痕迹。"

　　大家同意了少校的建议，就这样，"邓肯"号驶离美洲海岸，乘风破浪，向东驶去。

11月16日，也就是"邓肯"号行驶了五天以后，终于到达了第一站特里斯坦达库存尼亚群岛。

爵士登门拜访了当地总督。在交谈中，总督的回答让爵士非常失望，他们没有听说过有关格兰特船长以及"不列颠尼亚"号的事情。孟格尔船长命令水手划着小艇不断在周围绕岛寻查，仍旧一无所获。

本来，"邓肯"号当晚就该启程的，但是由于特里斯坦达库存尼亚群岛的海豹特别多，爵士决定让水手们在夜里捕猎海豹，第二天大家把这些值钱的动物的皮剥掉熬油。

11月12日，"邓肯"号起锚离岛，这时船身加重，已经添了许多桶海豹油。

在12月6日天刚亮的时候，大家就已经看到了阿姆斯特丹岛的圆锥形山峰。抵达岸边后，大伙儿又是分工寻找格兰特船长的踪迹，依然一无所获。

到目前为止，一直有个问题苦恼着大家。据商船日报记载，格兰特船长是在1862年5月30日自卡亚俄发出了最后消息。怎么"不列颠尼亚"号离开秘鲁海岸只八天时间，即在6月7日就航行至印度洋了呢？

地理学家巴嘉内尔再次仔细斟酌信，终于给出了一个合理的答复。

信上的"6月7日"几个字之间的空隙比较大，很有可能它不是真的6月7日。如果海水把"7"字前面的一个字侵蚀掉了，它就可能是"6月17日"或者"6月27日"。

大家一致认同这个解释，"不列颠尼亚"号的最后航行是从5月31日到6月27日……

第二天凌晨3时，"邓肯"号的锅炉就轰隆隆地响起来。水手们转动绞盘，将船锚吊起来。螺旋桨开始转动，游船又驶向了大海。

澳洲之行

葛林艾凡夫妇、迈克凯布斯少校、巴嘉内尔、孟格尔船长和玛丽姐弟一行人顺利地登上了岸。

百奴衣角的陆地无比的荒凉，层层如带的18米高的陡岸沿海岸围成一条线，成了这里的天然屏障，没有钩绳是爬不上去的。幸运的是，在南边不到1千米的地方发现了一处缺口。

大家钻过缺口，沿一条陡坡向上攀登。站在高处，展现在眼前的是一片平原。那里长着灌木丛和地衣植物，真是土壤贫瘠的荒郊地带。

这一带海岸好似无人居住，但可以看到远处有一些建筑物。据建筑物的风格能看出，那里住的并不是野蛮人。

"看那里啊！有一个风磨！"罗伯尔喊道。

果然，在不到2千米外，一个风磨的翅膀在风中转动着，大家看到风车精神不由得为之一振。

大概走了半小时以后，经过人类劳动的土地呈现出一片新气象。那里不再是百草丛生，而是一座新开垦的活树篱笆围成的农庄。三两一群的牛马在草原上吃草，草场四周还栽着高大的豆球花树。

接着，到处都是金黄的麦穗和庞大的草堆，绕着新筑的围墙的果园，还有草棚、脚屋，都配置得很合理。

最后，一座简单而又舒适的住宅，在那尖屋脊的磨房俯瞰之下，被风磨转动的大翅膀的影子慈祥地抚摸着。

这时，四只大狗狂吠起来，紧接着一个50岁左右、面目慈祥的男人走出了屋子，后边还跟着身体健壮的妻子和五个身强力壮的儿子。

这男主人是很好客的，还没等爵士开口说话，就已经热情地向他们打招呼了。这位男主人叫奥摩尔，是爱尔兰的海外移民。他在本国受够了苦难，这才远涉重洋，来到澳洲寻求幸福。

奥摩尔一家人的殷勤热情，使得爵士一行人也只有不客气地接受了，他们被热情地迎进了屋里。

这所房子完全是木式结构，在屋子的楼下，是一间宽敞而明亮的大厅。几条长凳子，两个橡木橱，里面摆满白色瓷器和发亮的锡壶，一张八仙桌，20个人都可以坐得下，这就是大堂里的所有家具。

午餐已经准备好了，中间是一盆热气腾腾的汤，两边摆放着烤牛肉和羊腿，周围大盘里盛有橄榄、葡萄和橘子，另外还有各色小吃。

在这个农庄里，雇工和主人是平等的，他们已来和主人一块吃饭了。

"我早就恭候你们了。"奥摩尔指着宴席质朴地对爵士说。

"你早就等候着?"爵士吃了一惊。

"凡是来的人,我都恭候着。"那爱尔兰人说。

爵士一行人被这淳朴的行为感动着,于是大家称心地吃着饭,然后开始无所顾忌地畅谈起来。

奥摩尔是个能节衣缩食、沉着冷静、善于生计和勇敢上进的人。来到澳洲的两年里,通过自己的勤劳和努力,他已经拥有了500亩土地和500余头牛羊,成为了富裕的农场主。

大家听了奥摩尔的自述之后,都衷心地祝贺他。然后爵士就向奥摩尔询问关于"不列颠尼亚"号的消息。

奥摩尔的回答让大家很失望,他说自己从没有听说过这艘船,而且在百奴衣角这一带海域已经两年没有发生过船只失事了。听爵士说"不列颠尼亚"号失事还不到两年,所以,奥摩尔很肯定失事船上的船员没有到西海岸。

"现在,爵士,"奥摩尔又补充一句,"请问那失事的船只和你有什么关系。"

于是,葛林艾凡爵士讲了自己寻访格兰特船长的经过,并说主人的回答已经让他彻底失望了,也许永远也找不到遇难的格兰特船长了。

可是艾尔通的出现却给众人带来了希望。

艾尔通详细地讲述了"不列颠尼亚"号的过去和在太平洋上

航行的情况，玛丽小姐对那次航行也知道很多，因为到1862年一直都有"不列颠尼亚"号的航行消息。

在这一年，"不列颠尼亚"号几乎在大洋洲的主要陆地都靠过岸，这些陆地多是殖民地，所以他们到处受到英国当局的歧视。最终，格兰特船长在巴布亚西海岸发现了一个重要地点，他相信可以在那里建立苏格兰移民区，同时也可以吸引过往的船只。

格兰特船长考察完巴布亚以后，就下令去卡亚俄筹集粮食。在1862年5月30日，"不列颠尼亚"号离开卡亚俄港，准备取道印度洋回国。

可是就在三个星期之后，一场可怕的风暴袭击了"不列颠尼亚"号，船底破了个洞，无法修堵，抽水机一刻也不能歇息。渐渐的船开始下沉，小艇也被暴风刮走了，可怜的人们只有等死。

6月27日夜，格兰特船长望到了澳洲东海岸。不一会儿，"不列颠尼亚"号就撞毁在海岸上，艾尔通就是那时被打上岸的。

当他苏醒过来以后，已落到当地土人手中。他被带往内陆，以后就再也没有听到有关"不列颠尼亚"号的消息。关于格兰特船长的叙述到这里结束，他断定，船早在吐福湾的礁石中覆没了。

有了漂流瓶中的信，再加上艾尔通的个人经历，使得这次寻访就更具有现实意义了，这一切充分证明格兰特船长及他的同伴没有葬身海底。

　　大家很合理地推测到格兰特船长三个人的遭遇，所以大家又请艾尔通叙述一下他在内陆的情形。艾尔通随后又简单讲了自己被俘和逃跑的经过。

　　艾尔通说完就起身回屋子拿来了"不列颠尼亚"号的服务证书。

　　这服务证书是由"不列颠尼亚"号的船主和格兰特船长共同签署的，玛丽小姐当场就认出是父亲的笔迹。证书上写着"兹派一级海员艾尔通为格拉斯哥港三桅船'不列颠尼亚'号上的水手长。"

　　这样大家就不再怀疑艾尔通的身份了。于是，爵士提议讨论如何进行下一步行动。

　　艾尔通建议直接乘"邓肯"号去出事地点吐福湾，然后再见机行事。但是"邓肯"号已经损坏了，必须到墨尔本进行修理。

　　巴嘉内尔提出可以组成一个探险队横贯澳洲大陆，这样就能沿着37度纬线走了。

　　"但是'邓肯'号呢？"艾尔通显得格外关心地问。

　　"'邓肯'号到时可以去接我们，当然我们也可以回头找'邓肯'号。如果在路上我们找到了格兰特船长，我们就一起回墨尔本。如果没有找到，我们就一直寻访到海岸，由'邓肯'号接我们。我的这个计划怎么样？少校，你反对吗？"

　　"我当然不反对，"迈克凯布斯少校回答，"只要能横贯澳大利亚的话。"

"那没问题，"巴嘉内尔说，"我还建议海伦夫人和玛丽小姐也可以一起去呢！"

"你说的是真心话，巴嘉内尔？"爵士问。

"是的，亲爱的爵士。只有580公里的路程，如果我们一天走30公里，用不上一个月就可以走完了。这也正好是'邓肯'号修理所需要的时间。要是大伙高兴，我们可以坐四轮马车，也可以坐轻便马车。"

"37度纬线穿过隶属英国的维多利亚省，那里有公路、铁路和居民。那里没有猛兽，同时这条纬线上没有土人，要是有的话，也不会像新西兰土人那样残酷。"

"至于流放犯，在澳大利亚南部各省都没有，只有东部各殖民地才有。而且维多利亚省拒绝流放犯入境，即使是外省的已经刑满释放的流放犯也不准入境。"

"是这样的。"奥摩尔肯定了巴嘉内尔的说法。

"在我逃离土人的过程中，也从来没有遇见过。"艾尔通也附和道。

"亲爱的海伦，你觉得怎么样？"爵士看着海伦夫人问。

"亲爱的，我和大家的想法一样。"善良的海伦夫人回答。

巴嘉内尔的建议一经接受，爵士就马上吩咐做好旅行的一切准备，打算第二天就出发。

这次横贯澳大利亚大陆会取得哪些收获呢？大家已经确定格

兰特船长就在这片大陆上，从而这次远征能有更多的机会找到相应线索。当然谁也不敢肯定就在南纬37度线找到格兰特船长，但这条线直接通到失事地点。

爵士特别希望能获得艾尔通的帮助，让他当向导穿越维多利亚森林，到达东海岸。农场主奥摩尔虽然不希望失去一个好帮手，但他最终还是同意了。

至于艾尔通，当爵士邀请他一起去的时候，他迟疑了一会，然后说道："那好吧！爵士，我很荣幸和大家一起前往。如果找不到格兰特船长的踪迹，那么我至少也能把你们领到'不列颠尼亚'号的出事地点的。但我要问你一个问题，爵士。"

"说吧！朋友。"葛林艾凡爵士说。

"我们打算在什么地方和'邓肯'号碰头呢？"

"如果我们不需要把全程走完，就到墨尔本吧！如果直达东海岸，那就在那里会齐。"

"那么，'邓肯'号的船长呢？"

"船长当然会在墨尔本听候指示。"

"那好了，爵士，你信任我就行了。"

大家对艾尔通能加入到寻找格兰特船长的队伍都非常高兴。爵士请求奥摩尔提供必要的交通工具，还和艾尔通约定好了见面的时间。

一切进展得很顺利，大家欢天喜地回到船上。世事好像变了一样，任何顾虑也没有了。那些勇敢的拜访者不用在内陆瞎摸了，每个人的心中都充满了能够达成愿望的信心。

孟格尔船长也很支持横贯澳洲大陆旅行的建议，他认为旅行队中一定少不了他。所以，在和爵士商量行动计划时，也提出种种理由坚持要去。

同时船长也表明，大副奥斯汀可以留守"邓肯"号。奥斯汀不仅是一流水手，而且恪尽职守，听从命令。毋庸置疑，他一定会把"邓肯"号开到目的地，并尽快把受损的地方修理好。

第二天，孟格尔船长带着木匠和几名水手，载着粮食，来农场和奥摩尔商量如何组织交通工具的事。女士乘坐牛车，男士们骑马，好心的奥摩尔提供所需牛马和车子。

那种牛车是一种6米长的大拖车，上面盖着大皮篷，车下是4个圆木截成的轱轮，没有车辐条，也没有铁箍。车头和车尾的距离很远，不能急转弯。

车头上安装了10米长的车辕，可以套六头牛并排拉。赶这样的牛车，非有技巧不可。艾尔通是赶车的能手，驾车的职务理所当然就由他来负责了。

车上没有弹簧，颠簸得厉害，坐在里边感觉很不舒服。孟格尔船长没有办法改造这粗糙的东西，只是尽量把车内布置得好一点了。

他将长长的车厢分成两部分，中间用木板隔开，前段乘坐女客，后段装粮食、行李和行灶。

经过木匠加工，前段已经被改造成一个精致的小屋，地板上铺着地毯，四周挂着可以挡住寒气的皮帘，里面装有洗漱设备，同时还为海伦夫人和玛丽小姐准备了两张床铺。要是赶上下雨的天气，完全可以容纳男客们进来避雨。

孟格尔船长挖空心思要把这块狭小的空间变成一个安乐窝，他居然成功了。他居然想到海伦夫人和玛丽小姐在这个流动的小屋里，可能不再会留恋船上的客房了！

男士们的交通工具就是马，他们准备了7匹健壮的马。爵士、少校、巴嘉内尔、罗伯尔、船长、威尔逊和穆拉第每人一匹。厨师奥比内不爱骑马，所以他选择了坐到牛车后段的行李车内。

当一切准备妥当的时候，孟格尔船长按照爵士的吩咐，把奥摩尔一家请到"邓肯"号上到船上吃饭，作为上次盛情款待的回礼。当然艾尔通也被邀请了。

奥摩尔一家看到"邓肯"号上的一切都表示惊奇。房间里的家具、壁橱、船上的枫木和紫檀做成的装备，都让他们称赞不已。

对于艾尔通就不一样了，他对于这些不必要的花费不表示赞赏，而是对这条游船从航行的角度作了一番细致地考察。

艾尔通一直参观到船腹，问了问机器的马力和耗煤量，又去了煤舱和粮舱，他特别关心武器间，了解了大炮的性能和射程。最后，他又检视了桅杆和船具。

"艾尔通这家伙很聪明啊！"巴嘉内尔对少校说。

"好像有点聪明过头了。"少校默默地说了一句，他看艾尔通有些不顺眼，但是又说不出到底是什么理由。

第二天一大早，大家就来到了奥摩尔的农场。海伦夫人和玛丽小姐对于牛车的设置很是满意，爵士向奥摩尔付了购置费用，还说了许多感谢的话。那位爱尔兰移民觉得这话比金钱还珍贵。

于是他们便启程了。

牛马猝死

因为火车的脱轨，他们不得不绕行，耽误了一些日子。

12月31日，旅行队在崎岖不平、牛马难行的路上走了一整天，在晚上的时候，他们终于看见了亚历山大那些圆圆的山顶。要知道，亚历山大可是个金矿区。大家在一个山坳里宿营，系好牛马，让它们随意在旁边吃点草。

1月2日，太阳刚刚升起来，旅客们就走出了产金区。几小时以后，他们渡过了高尔班河和康判斯普河，这时大家已经走完了一半的行程。如果以后的行程还像目前这样顺利的话，再有半个月的时间就可以到达吐福湾了。

大家的健康状况都还不错，像巴嘉内尔说的，当地的气候对身体有好处。在这里，空气中几乎没有潮气，天气炎热，但人和牲口都可以忍受，不会感到苦楚。

但是，自从过了康登桥，探险队伍的次序却发生了一些变化。从上次目睹了康登桥惨案以后，探险队的戒备比以前加强了很多，以前的预防措施已经派不上用场了。

新措施的第一项就是，打猎的人不能跑得太远，要能看见牛车。然后，夜晚宿营时轮流站夜岗看守车子。枪上的子弹随时都要装满。要知道有伙很残暴的流放犯在荒野中出没，已搅得他们心神不安了。

要说明的是，这些新的戒备措施并没有告诉海伦夫人和玛丽小姐，因为葛林艾凡爵士不希望她们有所顾忌。不过保持随时戒备的状态是必不可少的，因为一不小心，就可能出现大乱子。也不是只有爵士一行人有这个顾虑，一些城市居民和牧畜站上的"坐地人"，也时刻防备那些流放犯的偷袭。

当天黑的时候，每家每户都要紧闭门窗，把狗拴在院子里，只要有点动静，它们就是很好的报警器。牧人们傍晚集合牛羊群时，也都是身不离枪。事实上，这种戒备并不夸张，康登桥惨案的发生，使人们不得不如此。

一段行程之后，牛车钻进了一大片丛林之中。爵士一行人都感叹，从百奴衣角出发以来第一次见到这样大的丛林，大得跨过了好几个经纬度。

那里有60米高的超大桉树，让人不由得赞叹起来。这种树合抱周长有6米，树皮有15厘米厚，树干上的树脂一条条地流下，散发出一种香味。树干挺直，没有任何枝杈，甚至连个疙瘩都没有。这样的树一连有几百棵，它们的粗细程度大致相当，就像排排立柱竖在那里似的，柱顶端展开蓬散匀称的枝杈，枝头上长着互生叶，叶子里垂下朵朵大花。

这些树之间都是相等的距离，牛马群可以在空隙中通行无阻。爵士这一行人所走过的地方，可以说是浅草平铺、树顶翠绿，在这地与天之间是疏疏落落的"撑天柱"，一眼望不到尽头。

整整一天，牛车都在漫无边际的树林中穿行，没有碰到一只野兽，更不用说碰到土人了。只是在树顶上有几只鹦鹉，不过那树实在是太高了，几乎听不见鹦鹉的叫声。

在这个偌大的丛林里，真的可以说是死一般的沉寂，只有牛马的蹄声，轻轻的人语声，辚辚的车轮声以及艾尔通赶牛的吆喝声。

1月3日，人们仍在树林里穿行，路好像永无尽头似的，然而，就在傍晚时分，树丛渐渐稀疏了，没走几公里，一小片平原上出现了一簇整齐的房屋。"是塞木尔！"地理学家巴嘉内尔叫道，"过了这个小镇，我们就出维多利亚省的边境了。"

"是个很重要的城镇吗？"海伦夫人问。

"夫人，这里只是一个小村落，应该不久就要变成镇子了。"巴嘉内尔回答道。

"我们能在这里找个像样的旅馆吗？"爵士问。

"我想能找到的。"巴嘉内尔说。

"那我们就到镇上去吧！我想，我们勇敢的女士们是不会反对在旅馆里住上一夜的。"爵士说。

"亲爱的爱德华，"海伦夫人说，"我和玛丽都同意这样，但不要走出去太远，以免耽误行程。"

夜间的精灵——月亮已经从东方升起来了。这时是晚上9点钟，透过一片雾气，仍可以清晰地看到它所倾射出的光芒。

全队人马走在塞木尔镇的马路上，巴嘉内尔在前面领路，也许是出于本能，他好像对未见过面的东西都很熟悉，就这样他径直把大家带到了康博尔旅馆。

大家在旅馆里都安顿好了，然后开始吃晚饭，就在这时，塞尔木街上发生了某种程度的骚动：人们一群群地聚在一起，而且越聚越多。人们在门前议论，你一言，我一语，显得紧张不安。有人在高声读着当天的报纸，并加以推敲和讨论。

这种迹象，没有逃脱迈克凯布斯少校的眼睛。他走得不远就察觉小镇上的气氛有点异样。在和旅馆主人谈了10分钟之后，他了解了真相。

不过当时，少校什么都没有说。等海伦夫人和玛丽姐弟都吃完晚饭回房间休息的时候，他才对大家说康登桥血案已经水落石出了。

"凶手是谁？落网了吗？"艾尔通急问。

少校不慌不忙地摇头，说没有人落网。然后从怀里取出一份向店主要来的《澳大利亚新西兰日报》。

爵士接过报纸看看标题，念道："本报1866年1月2日消息：去年12月，康登桥火车出轨惨案已初步查明。据警方调查结果显示，这是一伙越狱的流放犯作的案，作案人员达29人。"

"罪魁祸首名叫彭·觉斯。此人阴险狡诈，几个月前潜到澳洲，目前正在通缉，至今还未抓获。希望市镇居民提高警惕，发现可疑人员立即报警。"

爵士念完后，便让大伙儿对此事发表各自的观点。

"无论如何，这个地区已经有流放犯了。"爵士首先说道，"但是，不一定有了流放犯我们就必须改变的旅行计划，你说是吧，孟格尔？"

孟格尔船长没有立刻回答，一方面他怕中止旅行会使玛丽姐弟难过，另一方面他又怕继续前行会出现一些闪失。因此，他很难做决定。

大伙儿唯一担心的是有女士同行，所以男士们都有投鼠忌器的心理，生怕一个疏忽，就会引来灾祸。一时间，众人的目光都投向了对当地情况颇为了解的艾尔通。

"此地离墨尔本少说也有320里，路途并不顺畅，向南和向东都有危险。但大伙儿武器先进，怎么能被几个外强中干的歹徒吓住呢？所谓'狭路相逢勇者胜'，我们犯不着怕那些歹徒，继续往东就是了。"艾尔通说。

"说得好，艾尔通。"巴嘉内尔说，"我们继续往前走，也许能找到格兰特船长的踪迹。若是转而向南，就会背道而驰，越走越远。我和你想的一样，我才不在乎那些流放犯。一个勇敢的人是绝不会把他们放在眼里的。"

最后，大家对"不改变原定计划而继续前行"的观点进行表决，每个人都赞成，全票通过。

"我还有一点建议，爵士，"艾尔通又说。

"说吧！"

"我建议派个人给'邓肯'号送个命令，叫它开到东海岸是不是更合适一些呢？"

"恐怕不合适吧！"孟格尔船长回答，"我们到了吐福湾，再发命令也不晚。如果发的时间过早，我们万一出现意外就必须返回墨尔本。更何况受损的船身还没有修好。由于各种原因，我们等等再发命令为妥。"

"是啊！也好。"艾尔通回答，他并未坚持他的意见。

第二天一大早，大家离开了塞木尔镇。每人佩枪带弹，全副武装，准备应付一切意外。半小时以后，他们又进入一片桉树林，树林一直向东延伸。

葛林艾凡爵士认为，与其在桉树林中上路，还不如在旷野里行走，毕竟在旷野里罪犯不易躲藏。而那时那地，旅行队一行人没有别的选择。

1月5日的早晨，大家浩浩荡荡地踏进了那广大的墨累区域，这片荒无人烟的地区一直延伸到大洋洲的阿尔卑斯山脉。到目前为止，它还是一块处女地，无人开发，一片荒芜。

这个地区在英国地图上被称为"黑人区"，也就是指黑人的保留地。英国移民凶残地把土人驱逐到此地来，土人的种族就生活在这些偏僻的荒原上以及钻不进去的森林里，渐渐地他们就在那里消亡。

在殖民地创建之初，无论是那些流放犯还是正当的移民，都把黑人当作野兽。在悉尼的报纸上，甚至有这样的建议：消灭土人的行之有效方法就是大规模地施毒，将他们毒死。

从这些我们可以知道，英国在征服初期就是用惨无人道的屠杀土人的方法来发展其殖民事业的。

旅行队在东经146度15分的地方安静地度过了漫漫长夜。第二天早晨7时，大家又继续赶路，穿过了那片广阔的地区。他们一直向着太阳升起的地方挺进，在平原上留下了他们一条直线状的足迹。

只不过葛林艾凡爵士的那匹马在尘土上留下了叶形马蹄印，还记得那是黑点站的标志。

平原上有些发源于野牛山的弯弯曲曲的河流，有的干涸，有的有水，河两岸都是黄杨树。野牛山是不太高的山岭，它在地平在线呈波浪起伏状，看起来非常美。

当夜旅行队决定露宿在野牛山的山脚下。艾尔通赶着牛，加快脚步，走了55千米的路程，终于在天黑之前赶到了，这时牛已显得疲劳。帐篷支在大树底下，大家匆匆吃了晚饭，旅途的劳累已经使他们感到睡觉比吃饭还要迫切。

第二天的早上，意想不到的犬吠声把大家惊醒了。爵士迅速爬起来，两个骑着两匹非常漂亮的纯种马的青年出现在面前。这两个青年都是一副绅士模样，全身漂亮的猎装，他们一看见这只露营的旅行队，就停了下来。

大家正在纳闷，葛林艾凡爵士急忙迎了上去，由于自己是赶路的外来人，就先报了姓名和身份。就在这个时候，海伦夫人和玛丽小姐从牛车里走了出来。两位青年一见，立即翻身下马，摘下头上的帽子，拿在手里。

"啊！我是米歇尔，他是桑迪。我们是霍坦站的主人，诸位已经来到了本站地界，如果可以，就到舍下休息吧？"其中那位年长的青年说。

"你们太客气了，我们实在不敢打扰……"葛林艾凡爵士回答。

"爵士，"米歇尔说，"你我都是漂泊天涯的沦落人，相逢在这荒僻之地，真是一种缘分啊！如果您不推辞，我们将万分荣幸。"

葛林艾凡爵士只好点头答应了。

那是一座美丽的庄园，布置得和英国公园一样整齐有序。灰色的栅栏把一望无际的草地分割成一块一块的，上万头牛羊正在安详地吃着草，它们的守卫者就是那些牧人和牧犬。

在霍坦站，葛林艾凡爵士一行人受到了热情丰盛的款待。在不到半个小时的时间里，大家便都入席了。准备的酒菜相当丰盛，客人们也没有拘束感，无所顾忌地畅所欲言。当然，席中最高兴的还是那两个青年人，他们认为能在自己家中款待一次嘉宾，真的是非常荣幸。

米歇尔他们也很快明白了这个旅行队的目的，他们被葛林艾凡爵士一行人的行为深深地感动了，他们也对玛丽姐弟真诚地安慰了一番。

　　"据我们所知，格兰特船长没在沿海各殖民地露过面，说不定是落到土人手里了。从档上可以看到，他是知道自己所在的方位的。我想，他一定是在刚登陆时就被土人掳走了。"米歇尔说。

　　"他的水手长艾尔通就是落入了土人手中，后来才逃出虎口的。"孟格尔船长回答。

　　"你们二位从未听说过'不列颠尼亚'号失事的消息吗？"海伦夫人问道。

　　"从未听说过，夫人。"米歇尔说。

　　"依照你们对这里的了解，格兰特船长做了土人的俘虏会过着什么样的生活呢？"

　　"夫人请放心，澳洲土人并不凶残。关于这一点，请玛丽小姐也尽管放心好了。这里的土人的性情很温和，许多欧洲人曾和他们一起生活过很久，却从来没有受过他们的虐待。"

　　两位主人热情的好客，着实让爵士一行人不好拒绝，就这样，他们就在霍坦站待了一天。虽然整个行程耽搁了一天，但是这段时间变成了大家休养生息的好时光，牛马也可以趁此恢复一下体力。

　　按照惯例，第二天一早，旅行队一行人向霍坦站的主人辞别，彼此都说了很多客套话，并相约到欧洲在玛考姆府相见。然后，牛车往前滚动，在上午9时的时候，大家才走过霍坦站的最后一道栅栏，旅行队一行人再一次钻进了维多利亚省那片荒僻的地区。

在东南方的一排屏障横挡住去路，这就是澳大利亚的阿尔卑斯山脉。这山脉仿佛是一个伟大的防御工程，绵延2200千米，陡峭的悬崖阻止着空中的流云。

这时天空中布满阴云，地面上聚集着水气，因此，气温高，炎热得叫你喘不过气来。地面崎岖不平，走起来非常艰难。平原上出现了越来越多的长满胶树的丘陵，疏落分布，一直延续到远方，形成阿尔卑斯山脉的初级阶梯。

人们显然越走越高，这很容易看出来的。拉车的牛累得气喘吁吁，腿弯上的筋紧绷着，几乎快要绷断了，虽说艾尔通是个驾车的能手，有时也不能避免意外的碰撞，好在车上的女客们倒不说什么怨言。孟格尔船长和两名水手在前边几百步远的地方开路，他们尽量选择好的地方行走，但这里的路面真的是凹凸不平，很是难走。

1月9日，不管活泼乐观的巴嘉内尔怎样保证，旅行队所面临的困难一点也没有减少，反而有不断增加的趋势。

路，没有现成的，完全要靠自己走。前进了又大约一小时，就在大家感到进退两难的时候，无意中发现山路旁有个不像样的小酒馆。

"啊哈！居然有人在这种地方开酒馆，我想那老板准发不了财！真是猜不透他的想法啊！"巴嘉内尔嘟嘟囔囔地说。

"它可有相当大的用处呢！正好可以为我们指引方向。我们进去吧！"葛林艾凡爵士说道。

葛林艾凡爵士和艾尔通一前一后进了这家叫"绿林旅舍"的酒馆。它的老板是条莽汉，长着一脸的横肉。店里卖烧酒、白兰地和威士忌，在这里几乎没有几个顾客，只能看到几个过往的"坐地人"或赶牧群的人，所以酒馆老板也经常自己扮演着酒馆消费者的角色。

爵士和艾尔通向酒馆老板询问了几个问题，但是那人回答得却不是很情愿。不过根据他的回答，艾尔通总算弄清了路途的方向。

爵士为了表示感谢，给了老板一些钱。当他们出门时，无意间看见酒馆的外墙上贴着一张告示。

它是由殖民地警察局发布的一个通告，通告的大致内容是说，判斯有一批流放犯潜逃，正在殖民地通缉首犯彭·觉斯，如有人将该犯捕获，将会获得赏金100镑。

"这个大恶人，真该把他绞死！"爵士义愤填膺地说。

"能够抓住他才行！"艾尔通回答，"100镑可不是个小数目啊！其实我想那家伙根本就不值这么多。"

"其实我感觉这个酒馆老板，看起来不像好人。"爵士又说。

"爵士，我也是这样认为的。"艾尔通附和道。

接着，大家又开始赶路了。他们向卢科诺大路的尽头走去，沿着弯弯曲曲的大路行走，感觉大家就像一个个蜗牛。

上山的路走的相当辛苦，由于牛车太重，要大家帮着推，车上和马上的人不止一次地要下来步行。下山的时候，大家又不得不在后边拉。

要是遇到个急转弯，由于辕木太长，要把牛解下来才能拐得过去。有几次，艾尔通还套上几匹已累得筋疲力尽的马来帮牛的忙。

在这一天，让人感到不幸的事情终于发生了。不知是由于过度疲劳，还是染了病，穆拉第骑的马一倒下就再也没有站起来。

艾尔通仔细检查了一下那死去的伙伴，并没有看出什么名堂。爵士认为这牲口是由于某条血管破裂而死。于是，爵士把自己的马让给了穆拉第，他跟夫人坐车去了。这行人又继续前行，那匹死马只好不管它了，成了老鹰的一顿美餐。

在1月10日这天，人们到达山路的最高点，这里的海拔约600米。站在高原的顶端，视野果然很开阔。北边的奥美湖波光粼粼，湖面上有一点点的水鸟。南边是吉普斯蓝绿色的草场，一眼望不到边际。

当天晚上，旅行队一行人露宿山顶。第二天一大早就启程下山。下山的路走得又快又顺利，但意想不到的是，半路遇到一场来势凶猛的冰雹，逼得他们退缩在一块大岩石下面。

这冰雹可不是一般的小雪珠，个头有冰砖那么大，从乌云中直冲下来，不管对什么都很容易造成伤害。

等冰雹停了以后，大家继续赶路。傍晚的时候，旅行队一行人终于走过了阿尔卑斯山的最后几个阶梯。就这样，困难重重的阿尔卑斯山总算过去了。

昨晚一夜安全平静地度过了。1月12日的早上，旅行队又上路了，大家都兴高采烈，精神焕发，都恨不得马上就找到格兰特船长。

只有到达太平洋海岸，才有可能找到失事船员们的踪迹，因为那里是"不列颠尼亚"号失事的地方，把时间耗费在吉普斯兰这块平原上，实在让人感到烦恼。

艾尔通多次建议爵士给"邓肯"号下命令，叫它开往太平洋沿岸来。因为这里有条通往墨尔本的大路，交通便利，他建议现在就派人去。

艾尔通的话很在情理，于是巴嘉内尔也劝爵士好好考虑考虑，并说游船开过来真的会有所帮助。

对于这个建议，爵士一直犹豫不决。如果不是少校坚决反对，他很可能就听从了艾尔通的建议。

少校说旅行队是不可缺少艾尔通的，因为艾尔通熟悉靠近海岸一带的路。如果发现了格兰特船长的踪迹，需要跟踪寻找，他也是最合适的人，更何况只有他知道"不列颠尼亚"号失事的地点。

在很大程度上，少校的建议也有道理，孟格尔船长同意少校的看法。孟格尔船长的理由是：从吐福湾派人要比从这里近便得多，而且还不用穿越320里的野地。

最后，爵士决定等大家到了吐福湾再作打算。艾尔通仿佛有些失望，少校瞟了一眼，但并未说什么，他已经习惯把看到的一切放在肚子里。

在阿尔卑斯山脚下，一片地势平坦的平原展现在眼前，一望无际。上边点缀着一丛丛的树木，遍布着一种胃豆类的灌木，开着色彩艳丽的花。

从中午到下午14时，旅行队穿过了一片长得很奇怪的凤尾草丛。这种凤尾草是一种像树一样的草本植物，足足有3米高，此时正开着花。

人马都在那柔软的细枝下走过，在这些固定的大伞的荫庇下，行人还是很高兴的，因为可以减少闷热天气带来的苦恼。当然这时最高兴的还是活泼乐观的巴嘉内尔。

就在地理学家巴嘉内尔得意忘形地发出感叹的时候，忽然他就在马背上摇晃起来，接着一下子倒在地上。

巴嘉内尔没有中暑，而是他的马死掉了。爵士、船长和少校都过来检查这匹马的死因，却没有发现一点结果。

再次发生的意外，使旅行队一行人开始感到不安。因为身处这个荒僻之地，想补充马匹简直是比登天还难啊！如果所有的马匹都得了马瘟，继续前进就相当艰难。

不料，还没到晚上，马瘟似乎就得到了证实：威尔逊的马也死了，更为严重的是死了三头牛。这样，可以用来拖车和人骑的牲口只剩下三头牛和四匹马。

这样旅行队就面临着严重的问题了。骑马的人没了马还可以步行，但是没有了牛车，两位女士怎么办呢？现在距离吐福湾还有200千米路，她们能走得过去吗？

爵士和船长很着急，他们检查了一遍剩下的牲口，但还是没有发现任何不对劲的迹象，甚至一点细微的毛病也没有。每匹牛马都很健壮，它们还可以经受长途跋涉的辛劳。但愿那离奇可怕的瘟疫到此为止，牛马不要再倒下了。

不管如何，大家继续前进。没有了马的人，走累了就轮流坐到牛车里。这一整天仅仅走了16千米的路程。

1月13日，一天平安无事，牛马倒毙事件没有再发生，大家总算松了口气。一开始就这样顺利，大家感觉会一直顺利下去的。大家一口气走了足足有25千米的路。

大家计划在傍晚到斯诺威河边宿营，斯诺威河在维多利亚省南部注入太平洋。天色将晚时，远处出现了一道雾气，可以看出，那就是斯诺威河在奔流。

在一个土丘后面，大路的转弯处露出一片森林。艾尔通赶着牛车穿过森林，就在离斯诺威河不过半公里的路上，又一件意想不到的事发生了，牛车掉到沼泽中，一直陷到车轴。

没办法，大伙儿只好搁下牛车，离开牛车在附近宿营。夜幕很快降临了，但天气依然闷热。远处正在下雨，一道道闪电将天边照得很亮。

帐篷搭在大树下，只要今夜这里不下雨，大家就可以安心地度过了。如果下雨的话，牛车就更难弄出沼泽了，所以艾尔通费了不少劲才连夜把三头牛从沼泽中拉出来，牛的肚子上都糊了很多泥巴。

艾尔通像平常一样把牛和马牵到一块，很细心地照料。这天晚上，爵士对牛马更是百般周到，他很感激这不会说话、任劳任怨的几头老黄牛，因为现在没有比它们更具有实际效用的了。

大家吃完晚饭后，倒头便睡。长途跋涉，身疲体倦，这个时候是很容易入睡的。大家睡熟了，天空的乌云在移动着，夜在乌云的笼罩之下，越发阴暗了。夜深人静，没有一点风。

在晚上23时的时候，少校醒了，半睁半闭着眼睛睡不着觉。由于过度疲惫，不愿起来。忽然看见一片隐隐约约的亮光在树林中流动着，像一幅白缎子，又像阳光下的湖面在闪闪发光，刚开始，少校还以为是地上着了野火呢！

迈克凯布斯少校爬起来走向树林，原来这是一种奇特的自然现象，发磷光的是许多菌类植物，这种植物的胞子囊在黑暗可以发射出高强度的光线。

少校不是一个自私的人，他正打算去叫巴嘉内尔让他也饱饱眼福，可是就在这时，意料不到的事情发生了。

在那磷光的照耀下，树林边缘有几个人影在移动。少校伏在地上仔细地观察着，他清楚地看到，有几个人一起一伏，似乎在地上寻找着什么。

深更半夜，在这人烟稀少的野地，这些人在这里干什么？少校下定决心弄个明白。毫不犹豫的，当然他也没有去惊动自己的同伴们，独自一人，像个草原上的土人那样在地上爬着，躲到了深草丛中。

可恶的向导

在夜里2时的时候，夜空下起了滂沱大雨。帐篷挡不住雨水，男客们只好躲到牛车中。

大家都不能睡，只好随便谈论点家常琐事，只有迈克凯布斯少校默默无言，静静地听着大家聊天。穆拉第、艾尔通和孟格尔船长冒雨跑去看水位，看看河水是否泛滥。

第二天清晨，大雨停了下来，没出太阳，天气阴沉。此时，河水渐涨，沼泽地里泥浆虚浮，牛车在众人挤压下，下陷得更深，情势危急。

葛林艾凡爵士急道："把全部牲口找来一起拉，一定能把牛车拉出来。"

于是，旅行队一行人重新奔回昨晚放牛马的那片胶树林中，但不见那些牛马的踪影，此时众人顿感不妙。艾尔通大声呼唤，空荡荡的树林连回音都没有。

大家分头寻找，找了大约一个小时，几经周折爵士终于在一公里外的密树林中发现了那些牛马。但此时已死去两牛三马，只剩下一头老牛和那匹钉了叶形蹄铁的马。众人目睹这一惨景，只惊得手足失措。

迈克凯布斯少校剑眉紧皱，望着艾尔通说道："假如所有的马匹都让那个铁匠钉上叶形蹄铁，事情也许不会这么糟糕，对不对？"

"这匹钉了叶形蹄铁的马匹幸存至今，不过是偶然碰巧罢了，"艾尔通回答，眼睛瞟了少校了一眼。

少校不再言语，但这一问，不由得令葛林艾凡夫妇大惑不解，他们深知少校是从来不开玩笑的，爵士也有点怀疑此事和艾尔通有关。牛马接连猝死，事先无半点征兆，也正是艾尔通加入旅行队之后。但他一路上任劳任怨，尽职尽责，又是当年"不列颠尼亚"号的水手长。

此时此刻，艾尔通正在努力把牛车拽出泥沼。他不断鞭催老牛，掌打马背，要它们拼命拉车，车后又有两个大力量的水手在弓背猛推，但深陷泥沼的牛车依然举步艰难。

爵士见数次费工，便叫他们停手，不必勉强。他十分珍惜最后这两头牲口，生怕它们力疲腿倦，误了行程。爵士决定让大伙儿弃牛车而徒步前行，仅剩的两头马和牛，分别驮着两位女士和行李。

在启程之前，大家决定先确定一下旅行队所处的位置。巴嘉内尔摊开地图仔细看了看，现在旅行队在东经147度53分南纬37度的斯诺威河岸。此地和吐福湾相距不过120千米，十分便捷，去墨尔本太远，费时又费力。

在弄清了旅行队的位置之后，大家一致主张，立刻准备向海岸出发。海伦夫人和玛丽小姐都保证说每天能走8公里路，面对这样艰难的现实，她们并没有胆怯。

"那'邓肯'号呢，爵士？现在不恰好是一个令它开到吐福湾来的时机吗？"艾尔通突然说道。

"孟格尔，你的意见呢？"葛林艾凡爵士问道。

"我觉得阁下不必着急。将来会有充足的时间给'邓肯'号发布命令的。"孟格尔船长思考了一下说。

"是的，显然是来得及的。"巴嘉内尔又补充了一句。

"而且，再过四五天，我们就会到达艾登城了。"孟格尔又说。

"四五天？"艾尔通摇了摇头说，"我尊敬的孟格尔船长，假如你将来不为自己的失言而后悔的话，应该说是15天或者20天。"

"走120千米的路程，要用15天或20天吗？"爵士问。

"至少是这样，前面是维多利亚最难走的路，是一片荒郊，据'坐地人'讲，什么也没有，荆棘遍布，根本不可能在那里建立牧站。要想过去非得拿斧头或火炬开路，请你相信我，欲速则不达。"

艾尔通说得顺理成章，斩钉截铁。大家望望地理学家巴嘉内尔，他似乎同意了艾尔通的说法。

“我还要加一句，其实路难走也不是主要的障碍，主要的障碍是斯诺威河，大概要等河水回落才能过去。”艾尔通说。

“要等水落下去？难道就找不到一个浅滩吗？”孟格尔船长喊道。

“我想不会找到的，今早我已经到处找过了但是没有找到。这个时候河水还这么急，是不多见的，只能怪我们运气不好吧！”艾尔通说。

艾尔通接着又说：“斯诺威河宽有16千米，而且水流湍急。我们可以做一个小船，但是要没有人来帮忙的话，一个月后我们大家还是要留在河边。”

“那么就没有更好的办法了吗？”孟格尔船长有点沉不住气地问道。

“我认为，只有让‘邓肯’号离开墨尔本到东海岸来了。”艾尔通说。

“艾尔通，你总是让‘邓肯’号启航，难道它到了吐福湾，我们就没有困难了吗？”

艾尔通并未马上给出答复，想了一会儿，然后含糊其辞地说：“我并不是坚持我的主张，我是站在对大家有利的角度上说的。如果阁下下了命令要走，我会毫无顾忌地随时准备出发。”

葛林艾凡爵士认为艾尔通的建议的最大毛病就是，要耽搁旅行队的行程，但是这样一来，旅行队人马可以休养生息，也可以避免一些可能会发生的危险。然后爵士向少校请教意见。

"大家既然点名让我说，我就直接说出自己的看法了，我认为艾尔通是个既聪明而又做事谨慎的人，他刚才的谈话都表现出来了。因此，我完全同意他的意见。"

少校的回答让大家都感到意外，就连艾尔通也是惊讶，不由得瞅了少校一眼。

最后，大家通过了艾尔通的意见。但是问题又来了，既然大家过不去河，那么派出去送信的人怎么能过得去呢！

艾尔通给大家出了一个对策，就是往回走到距离此地400千米的那条通往墨尔本的大路，而且骑马的话这段路用不上两天的时间，再加上"邓肯"号由墨尔本开到吐福湾需要四天，再有一天的时间它就可以由吐福湾赶到这里了，总计需要一星期的时间。

迈克凯布斯少校对艾尔通的话不住地点头称赞，这让孟格尔船长感到十分惊讶。但是，艾尔通的意见大家都很赞同。

然后大家开始商定派谁去给"邓肯"号送信，威尔逊、穆拉第、孟格尔、巴嘉内尔、乃至小罗伯尔都立刻挺身而出要执行任务。

艾尔通保持着沉默，这时终于开口了："阁下，如果您对我有足够的信任的话，还是让我走一趟吧！我在这一带跑惯了，比这困难的地方我都跑过，别人过不去的地方也能设法过去。只要给大副写封信让他相信我，我保证六天后'邓肯'号开到吐福湾来。"

很明显，艾尔通是执行这项困难任务的最合适人选了，因此，大家都不争了。瞬间，水手长脸上露出得意的神色，他赶快转过头。

艾尔通为出发做着积极的准备，两个水手帮着他备马和装干粮。这时候，爵士忙着给大副奥斯汀写信。爵士命令大副火速启航去吐福湾，到东海岸就派一队水手前来援救，还说艾尔通是个很可靠的人……

迈克凯布斯少校一直在旁边看着爵士写信，正写到这里时，少校竟问艾尔通的名字应该如何写。

"照发音来写啊！"葛林艾凡爵士说。

"你搞错了。"迈克凯布斯少校神情庄重地说，"发音是艾尔通，但写出来却是彭·觉斯！"

彭·觉斯这个名字一经说破，顿时如晴天霹雳一般。艾尔通站起身，拿出手枪就向葛林艾凡爵士开了一枪，瞬时，爵士倒地不起，外面这时也响起了枪声。

孟格尔船长和两名水手没有马上反应过来，当他们想去抓彭·觉斯的时候，那流放犯已经跑到胶树林里和同伙汇合了。

葛林艾凡爵士的伤势不是很严重，已经从地上爬了起来。

"快进牛车，快进牛车！"孟格尔船长一边喊着，一边拉着海伦夫人和玛丽小姐往牛车那里跑。在这个时候，厚厚的车厢是个安全的地方。

随后，爵士和罗伯尔也钻到女客的车厢里，孟格尔船长、迈克凯布斯少校、巴嘉内尔和两名水手都抓起马枪，准备还击。司务长奥比尔也从车厢里跑出来，参加这场突如其来的战斗。

彭·觉斯一跑进树林就和其他流放犯一起逃走了。他们走得这么突然，使大家都感到很奇怪，因此要更加小心。那辆牛车，一时间成了一个嵌在泥里的堡垒，大家每两人一班，一小时一换，轮流守卫着。

海伦夫人和玛丽小姐迅速为葛林艾凡爵士包扎伤口，幸运的是，爵士只是被子弹擦破了外皮，骨头和筋都没有受伤，尽管伤口流了很多血。接着，葛林艾凡爵士请大家谈一下事情的真相。

迈克凯布斯少校首先开口说话，除在外面站岗的威尔逊和穆拉第外，所有的旅伴都静静地听着。

迈克凯布斯少校先是向海伦夫人交代了一些情况：有一些流放犯在维多利亚境内流窜，并且在铁路上犯下惨案。然后又把从塞木尔买的那份《澳大利亚新西兰日报》递给海伦夫人，并说彭·觉斯是个作恶多端、臭名昭著的惯犯，警察局正悬赏捉拿他呢！

大家最想知道的是，迈克凯布斯少校如何发现艾尔通就是彭·觉斯的。于是，少校便给大家详细地解释起来。

迈克凯布斯少校对艾尔通的第一印象就不好，这就使少校本能地警觉起来。然后就是一些小事，例如在维买拉河时，艾尔通和那铁匠彼此递眼色；穿过每座城镇时，艾尔通总有些迟疑；艾尔通总是要求把"邓肯"号派到东海岸来；牲口先后死得离奇。所有这一切都加深了少校的怀疑。

当然，要不是遇到昨天夜里发生的事情，少校也不敢断定艾尔通就是流放犯的头儿。

昨夜，少校钻进那片高高的小树丛里之后，偷偷地靠近那几个引起他注意的可疑的人影身旁。那些菌类植物发出微弱的光，起到照亮作用。

那三个人正在查看地上的印迹，黑点站钉马掌的铁匠就是其中一个。"就是他们。"一个人说。

"是的，叶形马蹄铁的痕迹这里还有。"另一个人说。"从维买拉河起，一直就是这样。他们的马都死光了。"

"那毒马的药草这附近就有。"

"这里有的是，足够毒死一个骑兵队的马！这胃豆草真不错。"

"后来那三个人就不说话了，接着便走开了。我还想再获得一些信息，就跟着他们往前钻。"迈克凯布斯少校接着讲开了。

"过了一会儿，他们又谈了起来。'彭·觉斯果真是好样的！'那铁匠说，'他把轮船失事的事说得像模像样，真不愧为水手。如果他的计策成功了，我们就可以过上好日子了。艾尔通那家伙真是个人物啊！'"

"另一个人说：'咱们还是叫他彭•觉斯吧！这才是个响亮的名字啊！'说完后，那三个家伙就离开了胶树林。"

等迈克凯布斯爵士讲述完，大家就明白了。艾尔通和彭•觉斯就是一个人，而且警察当局是不知道的。艾尔通应该是格兰特船长的水手，还成了流放犯的头目。

艾尔通之前一定计划在奥摩尔的农场里作案，但是遇到了我们就改变了主意，最后想谋害我们霸占"邓肯"号。但是，艾尔通为什么会出现在澳大利亚呢？这个问题就不得而知了。

艾尔通的阴谋一被揭穿，旅行队一行人寻找格兰特船长的希望就破灭了。"不列颠尼亚"号根本没在吐福湾触礁，格兰特船长压根儿也没有踏上澳大利亚这片土地，都是艾尔通编出来骗人的。

就这样，对于漂流瓶中的不正确解释，再次把寻访工作引入迷途。大家都陷入了痛楚之中，尤其是玛丽姐弟两个，小罗伯尔在姐姐怀里不停地哭着。

葛林艾凡爵士来到外面站岗的穆拉第和威尔逊身边，沿河这带平原一片沉寂，乌云在天空翻滚，天气异常沉闷。孟格尔船长、少校和巴嘉内尔都来到了爵士跟前，他们是来观察斯诺威河水势的。由于刚下过大雨不久，河水涨得很快，水流湍急，形成了许多无底的漩涡，要想做小船过河很是危险。

最后孟格尔船长建议，还是按照原来的计划，派人去找"邓肯"号救援。大家都争着要去，最后只好靠抽签的形式来决定人选，水手穆拉第抽到了签，他高兴地跳了起来。

在晚上8时，黄昏过后穆拉第就开始动身。威尔逊替他备马，他考虑到了那叶形马蹄铁的危险性，就从昨夜死去的马匹上随便换了一个。这样可以用来麻痹流放犯，而且他们没有马，追穆拉第也没用。

与此同时，葛林艾凡爵士准备给大副奥斯汀写信。由于胳膊受了伤，就让巴嘉内尔代写。

巴嘉内尔正在苦思冥想漂流瓶中的事，没有注意到周围的事物，希望可以找出一个新的头绪来。因此，他没有听见爵士叫他代笔写信。当爵士叫他第二遍的时候，他才清醒过来。

"嗯！我替您写！"

巴嘉内尔一边说着，一边本能地准备好一张白纸，然后手拿起笔听爵士念。葛林艾凡爵士念道："奥斯汀，请快速启航，将'邓肯'号开到……"

巴嘉内尔写完这个"到"字，眼睛偶然瞥到地上那张《澳大利亚新西兰日报》（Australia and New Zealand Journal）。报纸是折叠的，报名只露出"Australia"这个单词。

巴嘉内尔停了手中的笔，把写信的事全给忘了。葛林艾凡爵士问他怎么了，他也没回答，只是嘴里不断地低声说着："阿兰（Alan）！阿兰！阿兰！"

说着说着，巴嘉内尔竟然站了起来，抓起了那张报纸。他捧着手里的报纸，好像有很多话要说，但一时间又不知怎么说好。于是，他只是呆站在那里。

爵士、海伦夫人和玛丽姐弟都莫名其妙地看着他，不知道他到底怎么了。过了一会儿，巴嘉内尔终于恢复了正常，让爵士继续往下念。

"奥斯汀，请快速启航，将'邓肯'号开到南纬37度线横穿澳大利亚东海岸的地方……"

"是澳大利亚吗？"巴嘉内尔自言自语，"是的，是的，就是澳大利亚！"

巴嘉内尔一口气把信写完，递给有伤的爵士签了名。他心情激动，拿着信的手还在颤抖，他用抖动的手在信封上写下姓名和地址："墨尔本，邓肯号大副奥斯汀手启"。

然后，巴嘉内尔下了牛车，一边走一边手舞足蹈地念着那几个莫名其妙的字："阿兰！西兰（Zealand）！阿兰！西兰（Zealand）！"

过了一会儿，巴嘉内尔开始向穆拉第解释有关到墨尔本的途中必须掌握的一些知识，他把地图摊开，用手指划着应走的路线。但危险还是存在的，彭·觉斯和他的同党肯定会在距离营地几公里的地方埋伏着，过了这段路以后就没有什么危险了。

可是不幸的事情还是发生了，就在穆拉第出发不久，在不到3千米外的地方传来了一阵枪响。

"我们过去看看。"葛林艾凡爵士说着背起了马枪。

"不能去！这也许是个骗我们离开牛车的阴谋。"一起在牛车外站岗的迈克凯布斯少校说道。

"要是穆拉第被那帮强盗打死了怎么办？"葛林艾凡爵士激动地抓住了少校的手。

"你想让大家白白送死，逐渐削弱我们的力量吗？如果那样，等于我们自取灭亡。如果是穆拉第牺牲了，当然是不幸的，但我们不能在不幸之中再加上更大的不幸！何况穆拉第是抽签完成任务，要是换了我，也会义无反顾。"

可是，葛林艾凡爵士仿佛不愿意听这些理由，他提着马枪，围着车子转来转去。稍微有一点声音，他就会侧耳细听。他睁大眼睛拼命地看着那凶多吉少的黑暗，仿佛看见了自己的部下被敌人打得死去活来。

忽然在枪声响起那边传来了一声呼救声，离牛车不到半公里。葛林艾凡爵士不顾一切地推开少校，向呼救声跑去。渐渐地又传来断断续续的声音："救命啊！救命啊！"

孟格尔船长和少校也跟着跑了过去，不久，他们望见一个人影，沿着林间小道连滚带爬地跑过来。这个人正是穆拉第，他已经受了伤，浑身是血。这时是晚上18时，天开始下雨，越来越大，风刮得也很疯狂。

葛林艾凡爵士、少校和船长把穆拉第抢救到牛车里，当时的场景把车里的人都吓呆了。穆拉第右胁下被捅了一刀，衣服上满是鲜血和雨水。迈克凯布斯少校很快给穆拉第包扎好伤口，伤口很深，能不能活下来就看穆拉第的造化了。

过了一刻钟，穆拉第抽搐了一下，然后眼睛慢慢睁开，仿佛在说话，但不清楚。迈克凯布斯少校把耳朵凑近他的嘴边，听他一直说："爵士……信……彭·觉斯……"

迈克凯布斯少校把穆拉第的话说给大家听，都不是很明白这句话的意思。为什么他要耍这样的手段呢？葛林艾凡爵士赶紧摸了摸穆拉第的口袋，发现那封写给大副奥斯汀的信不见了。

这一晚是在极其焦虑的状态下度过的，大家都为穆拉第的生命感到担忧。穆拉第一直发着高烧，海伦夫人和玛丽小姐成了最热心的护士，一整夜她们那两双仁慈的手都忙个不停。

第二天天刚亮的时候，雨也停了。葛林艾凡爵士和船长在牛车周围侦察地形，循着那条血迹斑驳的小路，来到昨夜出事的地方。那里躺着两具被穆拉第打死的尸体，其中有一个就是黑点站的铁匠，但没有发现彭·觉斯以及其他团伙的痕迹。

回想昨天发生的惨事，葛林艾凡爵士咬着牙作了这样一个决定：不会再让旅行队中的任何人去冒着危险给"邓肯"号发信，同时大家要在河岸上耐心等待，一直等到可以渡过河水为止。

如果他们过了河，距离南威尔士省的边境城市德莱基特就不过22千米，在那里就可以很容易找到去吐福湾的交通工具。同时，到了吐福湾也可以打电报到墨尔本给"邓肯"号发布命令。

"邓肯号" 失踪

　　葛林艾凡爵士和船长出去侦察，刚回到牛车，小罗伯尔大声呼喊着迎了上来：

　　"他好些了，他好些了！"

　　果真，穆拉第已经清醒过来，高烧也退了，但他神志一清醒，一能够说话，第一件事就是找爵士或者上校。

　　迈克凯布斯少校看他那有气无力的样子，想尽量避免和他谈话，但穆拉第再三坚持，少校只好听着。

　　谈话进行了好几分钟，葛林艾凡爵士才回来，只好由少校来传达了。没过多久，只见车帘子一挑，少校从牛车里边走出来，来到支帐篷的那棵大胶树下。

　　大家伙都等在那里，迈克凯布斯少校表面上显得很平静，但人们仍看出他心事重重。坐下来，开始给葛林艾凡爵士他们转述穆拉第说的话。

　　穆拉第离开营地后，一直沿巴嘉内尔给他指示的那条路走。他迅速地往前赶路，至少是用黑夜所能容许的速度。大约走了有

3公里路的时候，迎面来了一群人，马受到惊吓跳了起来。

穆拉第看形势不妙，抓起枪来就打，两个人应声倒下。在枪的闪光中，他认出了彭•觉斯。毕竟是人少吃亏，他枪里的子弹还没打完，右胁下却已挨了一刀，便摔下马来。

不过，穆拉第并没有昏过去，那帮流放犯们却以为他死了。他感到有人在他身上搜什么，听到有人说：“我找到那封信了。”然后就听到彭•觉斯说：“哈哈！有了信，‘邓肯’号就是我们的了。”

迈克凯布斯少校讲到这里，葛林艾凡爵士不由得大吃一惊，浑身开始冒冷汗。少校接着往下讲：“现在，你们快把马追回来给我。”彭•觉斯又说，“两天后我便可登上‘邓肯’号，六天到吐福湾。旅行队那帮人还在泥里傻等呢！你们赶快到亘布比而桥过河，到东海岸去等我。我自然有办法让你们上船。你们上船后，让船上的那些水手们去喂王八。我们有了‘邓肯’号就可以在大海上称王称霸了。”

然后，那帮流放犯开始高呼“彭•觉斯万岁！”。穆拉第的马一找回，彭•觉斯他们就开始行动了。尽管穆拉第受伤很重，但还可以走，他跌跌撞撞地跑回来，直到大家把他救起来。

事情终于都弄明白了，大家没有一个不惊慌失措的。

“海盗，原来是一群海盗啊！”葛林艾凡爵士破口大骂，“我的船员都会送命的，我的‘邓肯’号将会落到他们手里呀！”

他们走了几天，过了河。距离德莱基特还有25千米，沿途全是一片荒僻之地。旅行队一行人不能再耽搁时间了，于是决定立即出发。

大家用带叶的桉树枝编了一个软兜，不问三七二十一，便把不愿拖累大家的穆拉第抬了起来。葛林艾凡爵士是第一个抬他的人，另一端是威尔逊，大家就这样出发了。

旅行队一开始是多么满意的旅行，谁知结局竟这样悲惨和狼狈啊！现在不再是寻找格兰特船长的问题了，格兰特船长并不在这片大陆上，甚至根本没来过这片大陆。而且，这片大陆几乎葬送了寻访他的人，也许那艘载他们回国的游船也被匪徒抢走了！

走了8千米，天就黑了下来，他们在一丛胶树底下露宿，用抢出来的一点食物充饥。好不容易挨到天亮，雨过天晴，又出发了。

这种倒霉的地方比沙漠还荒凉，幸亏小罗伯尔发现了一个鸟巢，里面有10多个鸟蛋。奥比尔拿来用热水煮熟，便成了22日的午餐。晚饭多亏了少校打了一只大老鼠，不然，晚饭都会成问题。

1月23日，旅行队一行人虽然已筋疲力尽，但仍坚决地上路了。他们走在贫瘠的散乱硅石中，又饿又渴，天气燥热得很。要是这样一直无吃无喝地走下去，他们会倒在地上的。

幸运的是，这时候他们遇到了一种珊瑚状的灌木，结的荚果里满是水，让大家喝了个够。

巴嘉内尔又在一条干河沟里发现了一种叶子像苜蓿的植物，叶子上长的芽孢有扁豆大小，用石头碾碎就成了一种面粉，这种面粉可以做成粗面包。奥比内先生采了很多存起来，以备后需。

1月24日，穆拉第的伤好了，能够自己走路了。离德莱基特不到16千米，当晚歇在新南威尔士的边境上，恰好是东经149度。

一连又下了几个小时的细雨，大伙的衣服都淋透了。孟格尔船长好不容易发现一座锯木人留下的破烂不堪的木棚，大家进去避避雨。

威尔逊想生火烤面包，但拾来的干柴怎么也点不着，干冷的面包自然无人吃，于是，大家就穿着湿漉漉的衣服睡觉了。

路总是有尽头的。第二天11时的时候，大家到达了德莱基特城的一个小镇，距吐福湾80千米。

在那里，他们很快备好交通工具。葛林艾凡爵士心中又燃起一股希望的火苗。如果"邓肯"号稍许耽误一下，他们24小时之内便可到达吐福湾，"邓肯"号还有救。

中午，大伙好好美餐一顿之后，便坐上一辆邮车。五匹壮马拉得邮车飞快地向前急驶着，离开了这个城镇。

第二天太阳刚刚升起的时候，大家隐约听到了海涛声，说明离海洋不远了。

那辆飞驰的邮车绕过吐福湾到达37度在线的海岸，大海一出现，人们都往海面上望去，希望能发现"邓肯"号。

但是，远处水天一色，连一点帆影也看不见。是不是因为海上风浪太大，奥斯汀把船开到吐福湾的内港抛锚了呢？大家仍抱一线希望。

于是，葛林艾凡爵士又命令邮车向右转，向离此地5公里的艾登城进发。在码头上停着几艘船，可是玛考姆府的旗号没有。

葛林艾凡爵士、孟格尔船长和巴嘉内尔一齐下了车，来到海关询问情况，查了近几天的船舶进口登记簿，结果一星期以来，没有一艘船进过吐福湾。

"难道是'邓肯'号推迟启航的时间了吗？或者我们赶在他们前面了？"葛林艾凡爵士叫着说。

人总是不愿朝绝望的方面想。孟格尔船长不同意爵士的推测，他深知大副奥斯汀决不会拖延时间执行命令的。

"我一定要知道个结果，宁可得到一个确实可靠的坏消息，也不愿这样将信将疑。"葛林艾凡爵士说道。

半小时后，他给墨尔本的船舶保险经理人联合会拍了一封电报。电报发出后，一行人坐上邮车，来到维多利亚旅馆歇息。

在下午14时的时候，葛林艾凡爵士收到了一封电报，电报上写着：吐福湾艾登城葛林艾凡爵士，邓肯号于本月18日启航，去向不明，船舶保险经理人安达鲁。

不用多想了，那只正派的"邓肯"号船已经变成一只海盗船了，而匪徒头目彭·觉斯成了它的主人！

旅行队开始横贯澳大利亚大陆时，是多么乐观啊！可现在，大家却就这样绝望地结束了！格兰特船长和他的受难船员的踪迹似乎再也不能找到了，也许真的已经搭上了整个船队的性命。

坚强的葛林艾凡爵士也被弄得筋疲力尽，想不出一点办法。这位英勇的寻访人，没有被判帕区草原的天灾征服，却被澳洲大陆上的人祸制服了。

搁浅的船只

旅行队一行人已经走投无路了，他们没有了"邓肯"号，要想找到格兰特船长比登天还难。

此时此刻，对于这些寻找者来说，已经到了进退两难的地步了。怎么办呢？放眼四野，满目苍茫。再做一次努力？那跟大海捞针也差不了多少。

就这样宣告失败吗？

失败对于热情的人来说是多么痛苦的字眼，它会给毅力和信心都罩上阴影。最终，葛林艾凡爵士饱尝了失败的滋味之后，不敢再硬撑下去了。

玛丽小姐在这种情况下，只好不再提起她的父亲，尽管她很不情愿，她悲痛地想起了那一队不幸的船员。过去是海伦夫人安慰她，现在轮到她安慰海伦夫人了！

玛丽小姐第一个建议回苏格兰去，孟格尔船长看她这样刚强，心里充满了佩服之意。他想提一提寻找格兰特船长，但被玛丽小姐制止了。最后，大家决定回欧洲，那样的话，那就得尽快赶到墨尔本。

第二天一早，孟格尔船长赶紧去打听开往墨尔本的船次。他觉得，从艾登开往维多利亚的船会很多，可没承想，停靠在吐福湾总共才有三艘商船。

可惜的是，哪一艘也不开往墨尔本，也没有去悉尼和威尔士角的船。众所周知，要回欧洲，必须先到这三个地方才能搭上去英国的船。

大家经过一再考虑和磋商之后，葛林艾凡爵士想到要沿着海岸公路到悉尼，这时，巴嘉内尔却提出了一个意想不到的建议。

原来巴嘉内尔也考察过吐福湾，知道三艘船中有一艘是到新西兰北岛都城奥克兰的，他想先包下这条船，再搭半岛邮船公司船回欧洲。

巴嘉内尔没有举出大套理由，只说明一个事实，这样的行程最多花费六天时间。澳大利亚与新西兰相距只有1800千米。

巧合的是，奥克兰又正好在他们盯住不放的那条37度线，这条建议本身是一个机会。不过新西兰只是一个岛，而不是格兰特船长所说的"大陆"。所以，巴嘉内尔并没有挑明可以再去寻找格兰特船长一番。

大家都赞成巴嘉内尔的意见，尤其是孟格尔船长。然后葛林艾凡爵士一行人去看那艘船。那船名叫"麦加利"号，是250吨的双桅船。它的航程也只限于澳大利亚和新西兰之间。

船主叫威而·哈涞，是个大老粗。他长了一张红脸堂，满是横肉，鼻子塌在那儿，跟上边的那只瞎眼倒很般配。嘴唇上沾满了烟油，让人看了觉得非常恶心。

船主接待客人的态度很是粗野，葛林艾凡爵士几个人和他商量好起航日期，并且预付了50磅的订金。

海伦夫人和玛丽小姐知道行期就在明天，都很高兴。葛林艾凡爵士向她们说明："麦加利"号没有"邓肯"号那么舒服。但她们一点也不在乎，多么好的女士们啊！

奥比尔去购买粮食，那些粮食都是双桅船上没有的。与此同时，少校找到了一个钱庄，兑换了几张汇票，然后补充了大家所需要的现金、武器和弹药。地理学家巴嘉内尔找到了爱丁堡约翰斯顿出版社的一张精制新西兰地图。

穆拉第的健康情况很好，差点要他送命的伤势现在就要好了。威尔逊被派到"麦加利"号上去布置旅客们的舱位，不到一会的功夫，船舱完全变了样。"麦加利"号的船主哈涞看他干得起劲，就走开了。

出发前的一切准备工作都做好了以后，还剩下一些时间，葛林艾凡爵士想去37度线的海岸看看。

一来考察一下这个以后不可能再来的地方，"不列颠尼亚"号有可能在这一带沉船。二来找点儿"邓肯"号出事的蛛丝马迹。海员跟那些流放犯肯定搏斗过，就算死在海里，也不至于见找不到尸首。

孟格尔船长陪着爵士上了去吐福湾的路，他们骑着旅馆老板为他们准备好的快马。孟格尔船长是一个热诚和聪敏的人，可以肯定每一块地方都搜索到了。照理说，那些海滨会有一些沉船遗物被冲上来，然而一无所获。

"不列颠尼亚"号的失事，依然是一个谜，"邓肯"号也一样。然而，孟格尔船长却在岸边一丛树下发现了几摊烧过篝火的痕迹，显然，最近有人在这里露营。一件灰黄两色的粗毛衣，毛衣上还有判帕区大牢的号码。无可辩驳，那些流放犯们到过这里。

葛林艾凡爵士脸色铁青，狠狠地盯着大海。苍茫万里，浩瀚洋面，去哪里才能找到"邓肯"号呢？两个人心事重重地赶回了艾登。晚上的时候，葛林艾凡爵士来到了警察局，汇报了关于流放犯彭·觉斯的事情，然后就回到了旅馆。

这一夜，每个人都过得闷闷不乐，一连串儿的不幸让人无法接受，希望的破灭大大地影响了众人的积极性。巴嘉内尔表现得尤为焦虑，有点儿像热锅上的蚂蚁，看上去坐卧不宁，仿佛被什么憋得受不了似的。

第二天，也就是1月27日，"麦加利"号的乘客上了船，住在狭小的船舱里。12时，船借退潮起锚了。

天刮着不大的西南风，帆拉起来了。威尔逊想帮助五位船员，但哈涞拒绝了他，五位船员在船主叫骂声中升好了帆。

在晚上7点的时候，"麦加利"号就看不见澳大利亚海岸和艾登港口的灯塔了。

海浪越来越大，船速却越来越慢，船身的不停颠簸让便舱里的人们很难受。他们想到甲板上来呆着，可又下起很大的雨。

大家缩在便舱里，各自想着各自的心事，很少有人说话，就连海伦夫人也没跟玛丽小姐聊天。葛林艾凡爵士坐不住，走来走去，而少校待在那儿一动不动。

孟格尔船长不时到甲板上来观察风浪，小罗伯尔在后面跟着。至于地理学家，他一个人在角落里叽里咕噜，不知说什么。

新西兰是不是大陆呢？新西兰的两个岛可不可以叫做大陆呢？岛和大陆是不能同日而语的啊！

巴嘉内尔这时在苦思冥想那漂流瓶里的信件了，是啊！他一想起这些，就变得寝食不安、茶饭无味。他从巴塔戈尼亚推测到澳大利亚，最后又由一个词的启发，想到了新西兰。

巴嘉内尔把新西兰的全部历史回忆了一番，他的脑子越想越沸腾。但是，全部历史没有一点能容许他把这两个岛构成的地方加上"大陆"的名字，但"counting"这个字却死死地堵住他的思路，叫他想不出一个新的解释来。

1月31日是"麦加利"号开船后的第四天，它的航程只走了一半。船主哈涞几乎不催促水手们干活，甚至他也不怎么露面，那么他去哪儿了呢？

原来他整天都在喝酒，有时烂醉如泥，水手们也跟他差不多，个个都酒气熏天。因此说，吐福湾里的"麦加利"号也跟喝了酒似的，摇摇摆摆地往前游荡着。

对于哈涞等人的卑劣行为，使孟格尔船长不得不留心照料。不只一次，船一闪，几乎翻船了，穆拉第和威尔逊抢着把舵扶正。哈涞有时干涉，甚至破口大骂。他们只好忍耐着，他们要求把醉鬼捆起来丢到舱底去，孟格尔船长阻止了他们。

"我看啊！你就指挥这船吧！"迈克凯布斯少校出了主意，"要是你不愿意直接当船长，那就暗地里负起责任来！这个天天都喝得醉醺醺的东西，可不把稳！"

"在远海里指挥航行是没问题的，再加上我的两个水手帮衬着，绝对可以保证安全。但是到了近海，我就没有把握了，不清楚这里的海底，况且那个酒鬼现在已经喝得不省人事了……"孟格尔船长担心地说。

"这个酒鬼！"巴嘉内尔嘲讽道，"他还以为他这船长的眼睛认得路呢！"

"要真认得路就好了！"孟格尔船长气恼地说，"快靠岸时，怎么着也得让他醒过酒来！"

"但愿他醒过来！"巴嘉内尔的说话口气有点像祈祷。

"既这样说，"迈克凯布斯少校问，"你不能在必要的时候把'麦加利'号开到奥克兰吗？"

"没有那带海岸的地图就不可能。礁石都在水下几米，一艘船不论怎样结实，只要龙骨一碰上就完蛋了。"孟格尔船长回答。

"唉！在水里折腾是个死，爬到岸上也活不了！新西兰这地方，就是欺负陌生人！"巴嘉内尔气鼓鼓地说。

"您说的是那些毛利人吧？"孟格尔船长问。

"就是他们啊！他们心狠手辣远近出名！你不知道？他们跟澳大利亚的土著居民不一样，他们狡猾好斗，没有一点慈悲心肠！对了，他们还专吃人肉呢！"

"真的这样可怕吗？"迈克凯布斯少校故意反问，"那要是格兰特船长就在这新西兰沿岸的话，你肯定不让我们去救他了？"

"为什么不救呢？"巴嘉内尔有自己的道理，"不过，只有沿着海岸航行才安全，上了岸就危险了。况且，毛利人对欧洲人恨之入骨，从来不手软。"

"要是船长落到他们手里，肯定也没个好了！说句实在话，我敢让我的朋友们过阿根廷草原、穿澳大利亚，但就是不敢找新西兰的麻烦！"

地理学家巴嘉内尔说得一点也不过火，事实上，新西兰的历史上满是血腥的屠杀。新西兰这吃人的海岸，正是那由醉鬼指挥笨蛋驾驶的"麦加利"号所要到达的地方呀！

2月2日，"麦加利"号开船已经第六天了，还望不见奥克兰的边岸。风倒是顺的，一直是西南风，但海流是逆着的，船不倒就算好事。

"麦加利"号的船主哈涞是个慢性子的人，他不要求船走得快，所以就没有把帆拉得太紧，否则的话，全船桅杆不可避免地都要倒下来。孟格尔船长希望这副坏船架子能够顺利到达目的地，千万不要出什么岔子。

海上的雨仍下个不停，海伦夫人和玛丽小姐躲在便舱里，忍受着憋闷和颠簸，但从来也不抱怨什么。当雨下得小点的时候，她们便来到甲板上透透空气。

巴嘉内尔想找点故事说给大家，可并没有能驱散每个人心中的愁云。尽管他讲的是新西兰的奇闻轶事，但大家并没有怎么用心听。

大家对归国的旅途灰心失望。最可怜的要数葛林艾凡爵士了，不管雨淋浪打，都待在甲板上。

只要风一停，他就拿起望远镜固执地搜索着天边，他仿佛在向那默默无言的大海问话。孟格尔船长不管风吹雨打，寸步不离跟着他。

晚上19时点的时候，海上的天空就像突然变了脸一样。"麦加利"号的船主从醉梦中醒了过来，只见他揉着眼睛从舱房里走了出来，满脸横肉的大脑袋摇了几下，抽着鼻子吸了半天空气，然后才抬起眼睛查看桅杆。

海上的风越来越大了，风向变成了由西向东，好像故意把"麦加利"号吹向新西兰。哈涞满嘴粗话地把水手吆喝起来，命令他们赶快去下顶帆、上夜帆。

两小时后，大风刮起来了。风浪越来越大，"麦加利"号的底部震动得厉害，就像撞到岩石上一般。那笨重的船壳不容易爬上浪头来，所以浪头打来，大量海水冲到甲板上，悬挂在左舷边竿上的小艇早被冲得不见踪影了。

孟格尔船长开始不安起来。浪头不算很大，但这艘破船很可能一直往下沉。它每下降一次，甲板上的海水由于排水不畅，很可能装满船舱。为了防止万一，孟格尔船长建议用斧头砍破舷板，让水容易流出，但是哈涞拒绝这样做。

晚上23时，站在甲板上的孟格尔船长、威尔逊等人听到了一种极为恐怖的声响。他们立时就警觉起来，完全出自他们分辨大海的经验。

"哎呀！是逆浪！"孟格尔船长不由自主地对威尔逊说。

"对！一点不错！海浪打在礁石上才有这声音！"威尔逊答道。

孟格尔船长把身子探出舷外，观测着那幽暗的波澜，同时让威尔逊赶紧测水位，水位只有9米。

船主哈涞耸耸肩，一直未觉察到自己所处的险境，来到船舵那里，把舵把扭动对着下风的船舷。那时那地，极其危险了，只见威尔逊丢开测水锤，用劲拉着前桅的调帆索，让船帆兜着风转过去。

哈涞被猛力推到一边，但他还没有反应过来为什么要推他呢！"尽力让风吹！放松！放松扣帆索！"孟格尔船长一面喊着，一面忙着掉转船头使船避开礁石。

半分钟以后，这场危险终于过去了，"麦加利"号沿着礁石缝穿行，天色虽黑，但可以看见一条汹涌的白线离船只有6千米远。此时的哈涞才意识到了大祸临头，他暴躁不安大吼大叫着，东一榔头西一杠子的，没人能听出他想干什么。更何况，他的水手们还被酒精麻醉着呢！

幸好船上有青年船长孟格尔，是他当机立断才化险为夷！但是，前方海底又是怎么一种情况呢？或许仍有暗礁？毕竟他不熟悉这里的海湾。

这时，西风吹得更带劲了，把"麦加利"号吹得前仰后合，越是这种情况就越得注意，因为很容易碰上暗礁造成船毁人亡。

果然不出所料，没过多久，下面的暗礁越来越多。现在必须来个忽转弯，逆风而行回到没有暗礁的水面上。像这样一条不平衡的船，要它急转弯，不一定办得到。不过，也非得尝试一下不可。"把船舵完全转向下风船舷！"孟格尔船长向威尔逊大叫着。不一会儿，麦加利号开始接近暗礁了，打到水下石岩的浪头飞起沫来，泡沫在浪头上发着白光，简直是一片磷光突然照彻了那些浪头。

威尔逊和穆拉第用尽全身的气力扛着舵把，但舵把已经到头了。瞬间只听到"砰"的一声，麦加利号撞到了礁石。立时，触桅的支索就断了，那前桅也就摇晃不定了。

那么"麦加利"号转过弯儿来了吗？答案是没有。风浪就像古希腊神话里的老妖婆一样，忽而就变得没声没息，把"麦加利"号几乎又拍打回原有的航向上去了。

忽然一个高浪，把"麦加利"号捧起来，送到了暗礁上面，然后猛地放下来，"麦加利"号重重地摔在礁石上，一动也不动了。船舱的玻璃震烂了，旅客们都跑到甲板上来，海浪在冲洗着甲板。孟格尔船长知道船已深深地陷在沙里了。

"船到底怎样了？"葛林艾凡爵士问。

"肯定不会沉船的，但是海浪会不会把船打散了，那就不得而知了。"孟格尔船长回答。

这时，风减弱了，海也渐渐平静下来。孟格尔船长说只能等天亮再行动了，天还太黑，浪也太大，弄不清方向。等天亮后立刻摸清海岸的远近，然后用船上唯一可以用的工具——右舷上的小划子把船上的人送到岸上去。

同时，有心计的孟格尔船长让朋友们准备好武器，防止这些穷凶极恶的酒鬼们图财害命。

麦加利的船主像精神失常了一样，在甲板上窜来窜去的不知干什么才好。那些居心叵测的家伙们看出旅行队一行人都有了准备，便知趣儿地溜走了，居然一个也没剩。

在凌晨4时的时候，东方就开始发亮了。大地渐渐泛白，天边出现一片云，晨幕在这广阔的大自然的舞台上慢慢升起，陆地出现在了不到15千米远的地方。

"陆地，看见陆地了！"孟格尔船长叫起来。

旅伴们被叫声惊醒，都奔到甲板上来，望着天边出现的海岸。不管岸上居民是和善还是凶恶，那里成了他们唯一逃难的地方。当大家准备放划子下海的时候，划子早就不见了踪影，而且大家找遍了水手间、中舱和下舱也没有找到哈涞他们的影子。原来哈涞和他的水手趁着黑夜，放下船上仅剩下的一个小划子逃走了。孟格尔船长看看海面又看看船桅，思索了一下说："我认为现在有两个办法：一是把这船开出去，二是做个木筏子划到岸边。"

"现在咱们的位置有点偏南了，已过了奥克兰了！可要多加小心，不能在荒郊野外的地方登陆，这是新西兰呀！"巴嘉内尔提醒大家说。

大家开始检修船只。葛林艾凡爵士、孟格尔船长和穆拉第忙乎了三个钟头，才把货舱里的皮革移动开，以便减轻船体重量。

检查船底时，发现左边靠腰板的地方有两个接缝开了口。幸亏"麦加利"号向右倾斜，开口对着天空，没有流入海水。威尔逊赶紧塞进一些麻线，又钉上一块铜片把接缝补好了。

底舱里灌进去的水很浅，抽水机很容易抽干，这样又可以减轻一些重量。至于船身外壳，并没有什么重伤。

最后，威尔逊又潜入水中，摸清船底陷下去的位置。很陡的泥沙滩裹住了船首的大部分龙骨，但船身的大部分还浮在水里。舵子也能活动呢！所以说，开动"麦加利"号的可能性很大。

现在剩下要做的只是想个什么办法把船搞出来，太平洋的潮涨得并不太高，虽然如此，孟格尔船长还想靠涨潮的浪头把麦加利号冲起来。现在，大家开始着手准备了。孟格尔船长首先叫人把桅杆上剩下的帆都放下卷起来。然后，想办法在船的后面，朝龙骨方向抛下一两个锚，以便船尾在涨潮时抬起头。

因为没有了小筏子，大家只好用前桅断料和空酒桶扎个木筏，作为运锚的工具。锚一抛，只要吃得住底，"麦加利"号浮起来就有希望了。于是，大家又开始造筏子。与此同时，孟格尔船长开始测量经纬度的工作。"麦加利"号的方位是东经171度13秒和南纬38度，已经被吹到偏南方向，偏离航线一个纬度。必须向北航行一个纬度才能达到新西兰的都城。

当中午12时的时候，大家都站在甲板上，他们多么希望船会自己浮起来啊！但是船下只是"嘎啦嘎啦"地响了几声，船身却一点没有移动。筏子在下午14时终于造好了，抛锚工作也顺利地完成，船上的大家伙一心等待着下一次的满潮。

大家一整天都疲惫不堪，半夜大风衰弱了，水手们观察着云层的颜色和排列方式，发现风有转向的趋势。于是，孟格尔船长把情况报告给了爵士，并把起船工作延迟到第二天再做。

第二天天一亮，刮起西北风，而且越刮越大。全体船员集合起来准备张帆，在船头装了个便桅，来代替前桅，这样，船一漂上来，就可以驶离这一带险海了。

在中午13时的时候，海潮涨到了最高，大家抓住这转瞬即逝的时间，拼命地转动绞盘上的杠杆。盘轮子上的掣子只是响了几下，绞盘再也转不动了，伴随潮水的下降，最终大家的全部努力归于失败。

第一个办法不成，那就赶快按第二个办法来，赶快做木筏子。争取一切可以争取的时间，把船上的人送上新西兰的海岸。

到了晚上，做木筏的工作完成得差不多了，只是天黑下来不得不停止。

晚饭过后，海伦夫人和玛丽小姐回舱休息了，巴嘉内尔和其他朋友在甲板上走来走去，谈着某些严重问题。小罗伯尔聚精会神地听着，准备在今后的危险中为大家服务、出力。

孟格尔船长回答大家说，由于落后的交通工具，几乎不能到达奥克兰，只能就近登岸了。

然后，巴嘉内尔告诉大家，在新西兰、斐济岛和托列斯海峡都有吃人的习俗。

地理学家的叙述是无可争辩的了，新西兰的土人惨无人性，就近上陆可能会有危险。

但是，"麦加利"号不久也许会被风浪打坏，非赶快离开不可。等过往船只救援恐怕来不及了，而且也是幻想。

在上午9时的时候，大家一块儿先把吃的装到筏子上，没什么更好的东西了，只有一些罐头肉、粗饼干、咸鱼和粗粮，装到木箱中密封起来，同时又安置好了枪支弹药。

上午10时，潮水开始上涨了，风从西北边刮了过来。孟格尔船长下了命令准备起航，向陆地进发。

陷入绝境

经过大家的一番努力，木筏搁浅在一个离岸只有200米的沙滩上。不一会儿，这支旅行队连同武器、粮食都上了新西兰那骇人的滨海地区了。

从筏子上下来时，差不多是上午11时了。乌云密布的天空终于下起了雨，雨点又大又密，让人无法赶路。尽管大家都想尽快赶往奥克兰，可是又不得不先停下来避雨。

威尔逊没费多大工夫就在岸边找到了一个石洞，洞里有很多干海藻，洞口还有点木柴。于是，大家都钻了进去，同时把武器和粮食也带了进去。

大家在休息的过程中，谈起了新西兰的战事，大家稍微了解了北岛上流血斗争的经过以及目前所面临的严重局势。

第二天早上6时，葛林艾凡爵士发出了启程的信号。雨已经停了，气候并不算太热，大家白天赶路还受得了。

巴嘉内尔建议，与其沿着曲曲折折的海岸走，不如先到50千米外的维派河与维凯沱江汇合的地方，因为那里有"陆上邮路"

经过，到时可以乘坐马车去奥克兰。

在下午16时的时候，他们已经走了15千米，而且没人感到疲劳。海伦夫人和玛丽小姐主动要求继续前行。就这样，大家费了很大力气走过了几道山坡。

晚上开始露宿的时候，为了防止发生意外，葛林艾凡爵士要求伙伴们每俩人一组轮流值班，枪弹上膛，千万要提高警惕。同时为了不让土人发觉，他们没有点篝火，只是把毯子铺在松树下，盖上点东西，就凑合着睡了。

第二天，地理学家巴嘉内尔一爬起来就比以前放心多了，他对这个新地方不再那么恐惧了，最重要的是，他所害怕的毛利人并未出现。

从中午开始，旅行队一行人就精神抖擞地沿着维派河岸往下走，这地方荒无人烟，没有留下人行的痕迹，河水在草丛中或沙滩上流淌，东面矗立着封锁河谷的一带小山。

那些高低不平的山峦，是一片火山岩地质构造，新西兰南北二岛就是由火山喷发形成的。现在，地火在它的脏腑里奔腾着，并且有时会从火山口和间歇的沸泉口里冒出来。

根据巴嘉内尔的地图测算，现在大家距离维派河与维凯沱江交汇处只有8千米了，到了那里，就可以走上去奥克兰的大路，因为从那里到奥克兰，步行需要两三天，如果搭上邮车七八个小时就能到了。

旅行队一行人加紧了脚步，他们知道，在高纬地带黄昏短促、黑夜很快就要降临，他们要在天黑之前赶到两河汇合的地方。这时，地面上升起了一片浓雾，模糊了人的视线，分辨不清方向。

视觉失去了作用，但听觉变得灵敏起来。在晚上20时的时候，旅行队到了两河汇合处。浪涛声轰然地炸响在傍晚之中，一种江水与河水互相拍打的热烈让每一个人都心潮澎湃起来。

巴嘉内尔高声叫喊："到了！到了！维凯沱江！去奥克兰的大道就在这条江的右岸！"

迈克凯布斯少校也兴奋地开口了："咱们明天就能踏上这条大道了！前边不远处，你们看，有一堆树，是个好地方我们就在那过夜。"

于是，旅行队一行人，只是悄悄吃了晚饭，谁都没有再说什么，倒头睡觉去了。

其实危险一直伴随着这些勇敢可怜的旅行者们。半夜的时候，大家全都被土人抓了起来。原来，由于夜里的雾大天黑，他们一行人误入土人的毛利棚里，那不是一堆树。

葛林艾凡爵士一行人紧紧地挤在一块，脚被拴住，动弹不得。还好，土人并没有虐待他们，他们也没有抵抗——他们的枪支都被缴了，如果抵抗、挣扎，准会被自己的枪打死。

这时天已经亮了，载着旅行队一行人的船正在维凯沱江中逆流而上。

船尾坐着一个人，是个大个子土人，约有40至50岁，宽胸，四肢筋肉突起，手脚强劲。凸出而横布着粗皱纹的额头，恶狠狠的眼光，满脸的凶相。

他是一个毛利族的酋长，叫"啃骨魔"，就是要啃吃敌人四肢的意思。他地位很高，从他满身满脸刻着又细又密的文身便知道这一点。

船上的土人讲话中夹杂着英文，不一会儿，葛林艾凡爵士就得知这帮人是和英军交战的败兵，死了十有八九，正向维凯沱江上游撤退。

渴望已久的奥克兰既在眼前了，可是旅行队一行人落在这么一个人的手里还有生还的可能吗？真是一失足成千古恨啊！

然而，葛林艾凡爵士的脸色从容不迫，他每到大难临头时，总装作若无其事的样子。他觉得自己身为丈夫，又是旅行队的队长，应该为大家树立一个榜样，必要的时候，应该第一个去牺牲。

葛林艾凡爵士受宗教的影响很深，他认为神圣的举动总会感动上帝出来主持公道的。而且，他从未后悔过那慷慨的热情把他引到这野蛮的地方来。

其他旅伴们也都以葛林艾凡爵士为榜样，表现出坚强的毅力和高尚的心境。他们不在乎什么了，面对死亡，他们以视死如归的神情震慑着这帮毛利人。

毛利人和世界上任何土著居民一样把自尊心看得特别重，这是来自血液里的力量！葛林艾凡爵士及同伴们的坚强勇敢，无形中赢得了这帮新西兰人的尊敬。

"你打算把我们怎么办？"葛林艾凡爵士问看着他的啃骨魔
酋长。

酋长的眼睛像闪电一样发着光，用粗暴的声音回答："如果
你们那边的人要你，我们就去交换。否则，我们就杀掉你们。"

葛林艾凡爵士心中有了底就不再继续问下去了。肯定地，毛
利人的首领也有落到英国人手中的，他们是想以交换的方式领回
他们。

船像箭一般飞驰在江面上。长达320公里的维凯沱江被新西
兰人看作民族的象征，江流两岸的部落都以江为名。

在酋长啃骨魔没有告诉旅伴们说要他们去交换俘虏之前，葛
林艾凡爵士和孟格尔船长曾经偷偷商量过恢复自由的办法，那就
是在这帮毛利人晚上宿营时，悄悄地溜走。

但自从啃骨魔放了话之后，大家觉得这个办法不妥。最稳当
的办法，就是等着土人拿自己交换俘虏，这样生还的希望还比较
大。因为在这陌生的地方逃跑，自己又丢掉了武器，无法自卫，
冒险性太大了。

经过三天的航行，啃骨魔的船驶出维凯沱江进入了一条不知
名的小河，然后从小河出来又绕过一个尖屿，驶向600米高的芒
伽山。最后，船停在了山脚下。葛林艾凡爵士、海伦夫人和其他
旅伴被押到了一个毛利人城堡。城的外墙是一道坚固的栅栏，有
5米高。第一道防线是一排木桩，接着是一圈柳条墙，上面都凿

有枪眼，再往内就是内城了。

内城里面的地势平坦，耸立着许多毛利式的建筑物，和40多座排列得很整齐的草棚。俘虏们进入内城，看见外面木桩上挂有很多骷髅，都不禁毛骨悚然。

葛林艾凡爵士和同伴无心去浏览这酋长的院落，他们忐忑不安地待在一个空屋子里，硬着头皮听一群老太婆的叫骂指责。

面对恶毒的谩骂，海伦夫人表现出难能可贵的安然，其实她内心有说不出的委屈和痛苦，但为了支持丈夫，她克制住了自己的情绪。

玛丽小姐承受不了这种威吓的攻击，她浑身发软几乎要昏过去了，要不是有孟格尔船长扶住她，她肯定会倒在地上。

这时，有几百人聚集在啃骨魔的院落里。原来，所有响应号召反抗英国侵略的酋长中，只有啃骨魔活着归来。他给他的人民报告了起义的失败经过。

毛利人有个习俗：要用肉体表现内心的悲伤。因而，许多阵亡者的亲友，特别是女人，都拿尖利的贝壳划破自己的脸和肩头，这些哭嚎的人们都满身的血迹和着满脸的泪水。

酋长啃骨魔害怕控制不住那些过激分子的行为，所以叫人把俘虏押送到一个神圣不可侵犯的地方。在城堡的另一端，有一个神庙，土人称作"华勒都"。

俘虏们总算暂时避开了那紧张的局面，大家就躺在草席上休息了。海伦夫人实在疲惫不堪了，体力和精神都难以支持，不由自主地倒在丈夫的怀里。

小罗伯尔没有一点倦意，他站到威尔逊的肩膀上，从檐下的缝隙中查看外面的情况。这时，一个士兵向屋子走来。

海伦夫人也急忙站起来，抓住了丈夫的胳膊说："爱德华，玛丽小姐和我决不能让这些土人抓走！"

然后，海伦夫人说着就拿出了一支装上子弹的手枪递给丈夫。因为毛利人对女俘是不搜身的。

"这枪不是打他们用的……是留着打我们自己的……爱德华！"海伦夫人说。

"别犯傻了！先藏好！一切都还为时过早！"迈克凯布斯少校劝道。

于是，葛林艾凡爵士把枪藏在了身上。

那个毛利人士兵把俘虏们带到了啃骨魔面前，啃骨魔的旁边站着另外一个酋长。他叫凯莱特，在部落中的地位很高，权势很大，叫啃骨魔妒忌，所以啃骨魔对他相当敷衍。

啃骨魔开始问葛林艾凡爵士问题了。

"你是英国人吗？"他问。

"我是英国人！"葛林艾凡爵士果断地回答，他知道这个国籍可以使俘虏交换工作顺利进行。

"你的伙伴们呢？"

"我的伙伴和我一样，我们是旅行家，船只沉没才到此地。我们没有参加战争，我们是清白无辜的。"

"谁知道你参加了没有？"凯莱特粗暴地吼道，"所有英国人都是我们的敌人！你们侵占了我们的家乡！你们烧毁了我们的村落！"

"他们的行为不对。"葛林艾凡庄重地说，"事实上，我心里也十分难过，这并不是因为落入你们手中才这样说。"

"我们的大祭师落入你的兄弟们手中，他叫我们把他赎回来。要不是他吩咐过，我本想挖出你们的心，以告慰死者的神灵，然后把你们的头永远地挂在栅栏的木桩上！"啃骨魔说。

"英国佬的军队肯拿我们的大祭师来换你吗？"

葛林艾凡爵士盯着啃骨魔的脸，想探究话背后的用意，于是，他没有马上就答。

"我不敢保证。"葛林艾凡爵士掂量着说。

"你说什么？难道你这条命能比我们大祭师的命值钱吗？"啃骨魔叫道。

"确实比不了的！"葛林艾凡断然作答，"我不是什么首领，更不是大祭师！"

"你的意思是说，你不能换？"啃骨魔说。

"我不敢保证。"葛林艾凡爵士清楚地说，"换我不肯，换我们这一伙肯！"

"我们毛利人的规矩只讲一个换一个。"啃骨魔大声叫道。

"那你们就先用这两位女士去换你们的大祭师吧！"葛林艾凡爵士指着海伦夫人和玛丽小姐说。

就在这时，海伦夫人试图走到丈夫身边，可是却被迈克凯布斯少校拉住了。

"这两位女士，"葛林艾凡爵士继续说，并给海伦夫人和玛丽小姐鞠了一躬，"在我们国她俩都是大贵族。"

啃骨魔邪恶地瞟了一眼葛林艾凡爵士，同时嘴角上挂着阴险的笑意，然后怒冲冲地指着海伦夫人说：

"你这个该死的英国佬！你能骗得了我啃骨魔吗？她就是你老婆！"

"哈哈，不是他的老婆，是我的！"凯莱特色狼般叫了起来，同时把手搭在了海伦夫人的肩上。

海伦夫人一触到他的手，脸吓得发白，慌忙地叫了起来。葛林艾凡爵士气得七窍生烟，举起手枪，就把凯莱特打死在地。

一听枪响，毛利人都从各自的棚子里冲了出来，挤满了门前的场子，有人迅速地过来缴了葛林艾凡爵士的手枪，同时许多枪口对准了这几个俘虏。

啃骨魔被眼前的突变事故弄呆了，过了一会儿，他才站过来护住葛林艾凡爵士并劝毛利人后退，嘴里大声喊着：

"神禁！神禁！"

如果没有啃骨魔的命令，旅行队一行人肯定被碎尸万段了。事态稍稍平息下来了，他们被押回神庙。可是大家发现，小罗伯尔和巴嘉内尔不见了。

啃骨魔是部落的酋长同时又是祭师，所以他有祭师的权威，可以对一些人或物用那种迷信的"神禁"来保护。

所谓"神禁",是这里土人中通行的一种风俗,一个人或一件东西一旦被"神禁",就不许任何人接触或使用。

按照毛利族的教规,谁伸出亵渎神的手触及到"神禁"的人或物,就会触犯神怒,被神处死。即使对这种亵渎行为迟迟得不到报应,祭师们也会很快执行的。

"神禁"这种风俗在新西兰的毛利人的生活中到处都有,几乎无所不包,而且具有强大的法律作用,它让每一个毛利人都无条件地去服从。

因此,在那个生死存亡的关头,当啃骨魔喊出"神禁"命令的时候,那些毛利人士兵才把本来要打死的俘虏们保护起来。

但是,葛林艾凡爵士知道,尽管被"神禁"没人敢动他一根毫毛了,可他还是不能免于一死,因为他打死了一名酋长。

他多么希望不会牵连到自己的同伴啊!同时,小罗伯尔和巴嘉内尔的失踪也让爵士感到担忧。那时那地,大家是逃脱不了的,10个毛利人士兵都全副武装地守着门口呢!

直到2月13日早晨,没有一个毛利人来找大家的麻烦,因为他们受到了"神禁"。看样子,啃骨魔是打算将葬礼和凶手的刑处同时举行了。

葛林艾凡爵士固执地认为,啃骨魔不再拿他们去交换什么大祭师了,但少校的看法相刚好相反。毕竟那样的话,还存在一线生还的希望啊!

终于，在第三天，各棚子的门都开了。好几百毛利人聚集到城堡上来，男男女女，老老少少，个个都静悄悄的，不发出任何声响。酋长啃骨魔走出了屋子，他身后跟着一些其他首领，他们登上城堡的中央位置的一个高大土墩。然后，啃骨魔把手一挥，便有一个士兵朝神庙走来。

"千万别忘了我最后的请求啊！"海伦夫人急切地对丈夫说。葛林艾凡爵士把妻子抱在怀里。

玛丽小姐走到了孟格尔船长面前，说道："爵士和夫人认为，一个妻子可以请求丈夫打死她。那么，一个未婚妻也可以请求未婚夫做出相同的事情的。此时此刻，我不得不告诉你我的心里话，我早就把你当成我的未婚夫了！"

"玛丽！"这时的孟格尔船长竟兴奋地叫起来，"啊！我亲爱的玛丽呀！"

这时毛利人士兵把他们带到了啃骨魔的跟前。

两个女士已经认定了她们的死法，显得十分安静，男士们的心里却如刀绞，但是表面上显得十分镇静。

"你杀了凯莱特，是吧？"啃骨魔对葛林艾凡爵士说。

"就是我杀了他。"葛林艾凡爵士回答。

"明天太阳一上山，我就要你死。"

"我一个人死？"葛林艾凡爵士的语调是坚强的，但心脏却在颤抖着。

"哎！要不是我们大祭师的命比你们值钱，你们……"啃骨魔像狼一样叫着，眼里直冒火星。

就在这个时候，毛利民众的队列里有些骚动。只见人群中跑出一个毛利战士，气喘吁吁地向啃骨魔报告说，他们的大祭师已经被杀害了。

"你们都得死！"啃骨魔叫着，"明天太阳上山的时候，一个个都给我死！"

大家没有再押回神庙，而是被迫参加了酋长的葬礼和随着葬礼举行的血祭。那毛利部落的其他人都沉浸在一种哀悼中，仿佛忘了俘虏的存在。

酋长凯莱特的葬礼开始了，他的尸体被放在那个土墩上。华贵的殡衣外裹了一层编织精美的草席，头上有羽饰和绿叶子。脸、胳膊和前胸都涂过了油，没有僵死的颜色。

当他的亲戚来到土墩的时候，全场的人几乎是不约而同的哭嚎起来，哭声成片成片地滚动开来，甚至震撼着整个城堡。

酋长的近亲们都使劲捶打着自己的脑袋，远亲们把两颊挠破，于是血色和泪水就混合起来，流得满身都是。她们的态度极为虔诚，她们的行为也极为诚挚。

凯莱特的妻子要随夫陪葬，这是风俗，也是职责。她还很年轻，头发散乱地披在肩上，又号哭又哽咽，哀声震天。她一面啼哭，一面声诉，断断续续的语句都在颂扬着死者的品德。

这个时候，啃骨魔走到了她的眼前，酋长手里舞动着可怕的大木槌，一下子把她打死在地，并把她的死尸并排放在了凯莱特旁边。然后，凯莱特的六个奴隶也被打死陪葬。奴隶的尸体跟酋长的不能比，也不可能受"神禁"，所有的人都扑向那六个奴隶，争先恐后地开始抢吃人肉了。

看到这一惨景，葛林艾凡爵士他们都屏住了呼吸。是啊！明天，就是明天，太阳出来的时候，他们也将遭此厄运了！

葛林艾凡爵士他们一直都被监视着，他们看着送殡的队伍离开了城堡的外城。全部落的人在250米高的地方停住了，停在蒙加奈山顶上预先为埋葬凯莱特准备好了的地方。

毛利人相信，死者也是要吃东西的，所以墓穴里放了许多粮食，和死者的武器、衣服摆在一块。接着，送殡的队伍都沉默地下山了。从此以后，谁都不能再到这座山上了，谁要是上去就要死，因为它是已经受了"神禁"。

当太阳又落山的时候，葛林艾凡爵士等人又被押回了神庙，看来，他们即将在这里度过人生的最后一夜了。

当晚有25个土人在看守着大家，外面烧着一堆旺火，土人有的躺在火的周围，有的站着不动，但是他们不管是躺着的还是站着的，都常常转过身来看看他们看守的这座神庙。要想逃出这个神庙是很难的，它三面环山，陡峭无比，就是放出去让你走，你也没有活路！唯一下山的路就在正面，却被毛利人士兵死死地看守着。

在凌晨4点的时候，一个细小的声响引起了迈克凯布斯少校的注意。他侧耳细听，觉得声响来自神庙的木桩子后面，那里正是山岩矗立的地方。他立刻警觉了起来，把耳朵贴在地面，分辨出那是挖洞的声音，有人在外面挖洞呢！

迈克凯布斯少校惊喜不已，他赶快把葛林艾凡爵士和孟格尔船长悄悄地叫了过来。大家趴在地上从门帘缝隙里观察了一下毛利人的动静，然后决定一齐动手挖墙壁。孟格尔船长用那趁乱在凯莱特倒地的瞬间夺来的短刀，其余的人用从地上拔起的石头或者就用手指甲。

几分钟之后，迈克凯布斯少校的手指碰到了一个刀尖，他下意识地往回一缩，差点叫出声来。孟格尔船长用短刀挡住了外来的刀尖，只是一瞬间，两只手就握在一起了。

那是只可爱的小手，不是女人的就是小孩子的，但绝对是欧洲人的手！激动不已的双方谁也没有叫出声来。

"是你吗，我的罗伯尔？"玛丽小姐蹿了过来，死命地吻那只沾满泥土的小手。

"是我，姐姐，我来救你们！千万别出声啊！"小罗伯尔在外面说着，同时提醒大家注意看守。这时，外面的士兵只有4个人在看守，其余的人都已经呼呼睡着了。

罗伯尔从洞里爬出来，然后告诉大家，他是趁那一阵纷乱逃过那些土人的眼睛，然后在树丛后面躲了两天。在全部落的人忙着给那凯莱特办丧事的时候，他跑到牢狱这边的城堡观察了一下，发现可以爬到这里。

然后，他跑到空无一人的棚子里偷了一把刀和一根绳子。把峭壁上的草丛和树枝当做软梯，攀着往上爬。无意中又发现神庙靠着的这座高岩中间有一个洞，从那个洞到这个神庙只隔着几尺厚的松土。

大家明白之后，都抱住罗伯尔热烈地亲吻，不过巴嘉内尔却没有和罗伯尔在一起。于是，大家开始计划怎么出逃。神庙之外是一段峭壁，大约有7米高。峭壁之下是很大的一个斜坡，然后就到了山脚，从山脚便可逃入山谷。

到了那里，如果毛利人发觉他们逃跑了，一定要绕个大弯子才能赶到，因为他们不知道牢狱与外面斜坡之间挖了一条地道啊！出逃开始了，为了保证逃脱成功，大家做好了充分准备。大家先一个一个地爬到了山洞里。孟格尔船长是最后一个离开的，他在离开棚子前，把扒出的土先弄掉，顺手把棚里草席盖到口上，很好地把洞口隐藏起来了。

借着罗伯尔找来的绳子，大家顺利地出逃了。然而，逃到现在还不能说已经安全，因为谁也不知道此时是不是已经逃出了土人的辖地，必须拼命往前跑。快到5时的时候，天开始发白了，再过半个小时，旭日就要从天边的云雾中升起来了。而这片晨曦已经不是刑杀的信号，却相反地将要揭露囚犯的逃亡。

所以，在必然到来的追捕之前，逃亡的人们必须逃出土人的圈子，使他们不容易找到踪迹。由于那些小路都很陡，大家的速度很慢。海伦夫人爬坡时由葛林艾凡爵士扶着，玛丽小姐由孟格尔船长搀着。小罗伯尔跑在前面开路，两个水手走在后面断后。

重返"邓肯号"

在3月1日的晚上，葛林艾凡爵士一行人终于来到了2000米高的伊基兰吉山脚下，这时，从蒙加奈山到这里已经走了160千米路了，还有50千米就能到达海岸。

大家都有点吃不消了，可是，谁都不敢懈怠和大意，因为这一带毛利人也经常出没。第二天，大家趁着黎光曙色又出发了。这时，葛林艾凡爵士一行真正到了苦不堪言的地步。自从出发以来，他们还是第一次显得这样狼狈呢！

他们现在不是在走路，而是一步一步地往前挨，他们仿佛只剩下了躯壳，失掉了五官的感觉，就只靠着那仅有的求生本能来带领他们前进。最后，他们总算到达太平洋的海岸。

可就在大家沿海岸走的时候，1千米远的地方冒出了一帮毛利人，他们手持武器、张牙舞爪地冲了过来。这可怎么办？葛林艾凡爵士和伙伴们后面是海，已经无路可逃，也只有以死相拼了！

就在这千钧一发之时，孟格尔船长高声叫道："小船！那里有只小船！"

在离大家20步远的地方，果真有一个不大的独木舟停靠在沙滩上，船上有六把桨。真是天无绝人之路啊！

说时迟，那时快，旅客们立刻把船推进水里，跳上去划了就逃。不到10分钟，小船就在海面上走了四分之一海里了。海面是平静的，逃难的人们也都默默无语。

孟格尔船长不愿离开海岸太远，他打算叫大家沿着海岸划去，但是正在这时候，他手里的桨却突然停下来了，原来三只独木舟从后面追了上来。

"我们往深海里划，宁可淹死也不能让他们逮着！"孟格尔船长向同伴们喊着。

于是，四个划桨的人一齐使劲把小船划向海面中心。但是，那三只独木舟却紧追不放，不肯放松。几乎是半个小时，前后的船保持着一定的距离。

可是，孟格尔船长他们四个都有点力不从心了，劳累和饥渴让他们的速度不得不慢下来。突然前方来了一个大船，大家定睛一看，居然是"邓肯"号。对，就是那条游船，谁也不会看错，就是那游船和那批匪徒！

谁也不划小船了，让它自己漂着，还想往哪里划呢？还有什么地方可逃的呢？前面是盗匪，后面是土人，还能逃得掉吗？

这时，后边的独木舟开始向旅行者们射击了，正好打在了威尔逊的桨上。威尔逊下意识地又划起了桨，他们又走向"邓肯"

号。"邓肯号"驶过来了，开足了马力，气势十分豪迈，他们离"邓肯"号只有半海里远了。

孟格尔船长此时也有点不知所措了，划还是不划？真是进退两难啊！海伦夫人和玛丽小姐更是没了信心，只是跪在船里连连祈祷。

土人不断地开着枪，枪弹像雨点般落到小船的周围。这时"轰"的一声炮响，游船上的一个炮弹从他们的头上飞了过去。他们被枪炮前后夹攻着，只好在"邓肯"号和土人的独木舟之间束手待毙了。

然而，小罗伯尔惊叫了一声："是奥斯汀！是奥斯汀！"这欢叫着的男孩一下子提醒了船上的人们。"他在大船上！我看清了，他还朝咱们摇晃帽子呢！他知道是咱们！"

就在那时，第二颗炮弹又从他们头上飞过去了，把追他们的那三只独木舟中的头一只打成两段，同时"邓肯"号上响起了一片"乌啦"声，那些土人害怕了，扭头就逃，向海岸划去。

接着，这些逃难者就这样突然莫名其妙地回到了分别许久的"邓肯"号上。

那时那地，"邓肯"号上，欢天喜地。风笛吹响了，苏格兰的歌曲唱起来了，就像在玛考姆府里过节一样。

"邓肯"号的主人回来了，大家都有说不出的高兴。葛林艾凡爵士和同伴们都热泪盈眶，眼前的现实让他们仍有恍若梦中的感觉。他们互相拥抱着，如同久别之后又突然邂逅的亲人。

"邓肯"号怎么竟出现在新西兰的东海岸呢？怎么它没有落到流放犯彭·觉斯的手里呢？老天爷又怎样把它指引到逃亡者的面前来的呢？

大副奥斯汀并不知道什么流放犯彭·觉斯，只知道有个叫艾尔通的人自称是"不列颠尼亚"号上的水手长，送了一封信给他，而且奥斯汀也是按照葛林艾凡爵士的嘱咐去做的。

"阁下，是您命令我立即离开墨尔本，并且把船开出来，在……"

"不是叫在澳大利亚东海岸吗？"葛林艾凡爵士急躁地叫着，使奥斯汀有些吃惊。

"不是在澳大利亚东海岸，是在新西兰东海岸呀！"奥斯汀瞪着两个大眼睛说着。

"是说在澳大利亚东海岸呀！写的是澳大利亚东海岸呀！"旅伴们异口同声地回答着。

这时，奥斯汀眼睛一花，几乎要昏过去了。葛林艾凡爵士他们说得那么肯定，他倒怕是他自己看错信了，他本是个忠实、说一不二的老水手，怎么可能犯这样的错误呢？

于是，奥斯汀赶紧给葛林艾凡爵士拿来了那封信。爵士接过来就大声读："兹命奥斯汀速将'邓肯'号开至南纬37度的新西兰东海岸……"

"新西兰东海岸？怎么会呢？"巴嘉内尔腾地跳起老高叫道。他上去一把就夺过了信，想亲自看看自己写过的东西。只见他先是用力地眨了眨眼睛，随后又拿手擦了擦眼睛，把眼镜使劲推了推。

"我的天啊！写的真是新西兰！"他那种怅然而又气恼的声调几乎无法表达。

这时，一只手搭到巴嘉内尔的肩上。他猛地一抬头，正和迈克凯布斯少校打了个照面。

"没事的，我的好巴嘉内尔，还算侥幸，你没有把'邓肯'号送到印度支那去！"少校带着庄重的神情说。

这个玩笑开得叫那可怜的地理学家受不住了，游船上的全体船员哄笑起来，笑得前仰后合。巴嘉内尔就像疯了一样，走来走去，两手抱着头、抓头发。

大家让巴嘉内尔说说为什么会把"澳大利亚"写成了"新西兰"的原因，可是他看了看身旁站着的玛丽姐弟俩，就敷衍过去了。"邓肯"号的故事明白了之后，大家便感到肚子在咕咕叫了，可不是嘛！精神不再紧张了，便感到需要休息和吃饭了，大家都进了房间先去休息。

葛林艾凡爵士和孟格尔船长又回身叫住了奥斯汀，询问了一些情况，竟得知艾尔通被拘禁在了"邓肯"号上。

"当我离开墨尔本时，我对船员们都保密，没说去哪儿。等船开进了大洋，都望不见澳洲了，我才把要来新西兰的消息告诉了大家。这么一来可不要紧，出了点乱子，让我挺不好办的！"奥斯汀说。

"出了什么乱子？"葛林艾凡爵士问。

"因为艾尔通一看见船是向新西兰航行，就大发脾气，他还威逼我改变航向，最后，他还鼓动船员反叛。我知道他是个危险的家伙了，所以不得不对他采取点防备措施。"

"那以后呢？"

"从那以后，他一直待在他的房间里，自己也不想出来了。"

大家在吃了早饭之后，葛林艾凡爵士便把艾尔通仍扣押在船上的好消息告诉了大家，同时下令立刻把这个坏家伙带上来审问。这是一场对质，是要让彭·觉斯看到被他陷害的一群人还活生生地出现在他面前。

艾尔通被带来了，他的眼睛暗淡无光，牙齿咬得紧紧的，痉挛地握着拳头，他既没有骄傲的神情，也没有屈辱的样子。一看到葛林艾凡爵士，就叉着胳臂，一声不响，显得安闲自在，等着人家的问话。

"真是没想到，咱们会在这儿见面吧？"葛林艾凡爵士问。

"只怪我自己出了差错，不小心被抓了起来。"艾尔通继续说，"哼哼！您就看着办吧！"

说完之后，艾尔通表现出一派任打任罚的样子，他扭过头遥望西边的海滨，好像在看别人的热闹，这事和他自己没一点关系似的。

葛林艾凡爵士早就看透了艾尔通装出来的不卑不亢，不过，为了要弄清这个水手和"不列颠尼亚"号以及格兰特船长的关系，便努力克制着自己的情绪。

"你愿意告诉我们格兰特船长在哪里吗？"葛林艾凡爵士问。

艾尔通默不作声。

"你愿意给我指出'不列颠尼亚'号失事的地点吗？"

艾尔通仍默不作声。

"艾尔通，"葛林艾凡爵士几乎是用恳求的口吻说，"如果你知道格兰特船长在哪里的话，至少你应该告诉他那两个可怜的孩子吧！那两个孩子只等着你嘴里的一句话呀？"

艾尔通迟疑了一下，脸上抽动了一阵，低声说道："我不能够啊！"然后，立刻又暴躁起来，仿佛他在责备自己刚才的一时心软："不！我不说！你尽管叫人吊死我好了！"

葛林艾凡爵士没能说服艾尔通，还有什么事情能做呢？寻找格兰特船长的工作没有一点收获，而现在只能打道回府了。这个"不列颠尼亚"号真就在地球上消失了吗？求救信的内容不可能再有别的解释了。在37度线，哪还有陆地呢？

大家决定把"邓肯"号开到塔尔卡瓦诺湾补充煤，开始作环球旅行。到塔尔卡瓦诺湾是直航，又正在37度线，然后就可南行绕过合恩角，再由大西洋的航线开回苏格兰。

没能找到格兰特船长真是一件伤心事啊！"邓肯"号上弥漫着一种失望的情绪，沉闷感让大家打不起精神来，出航时的那种欢乐的气氛再也没有了。谁也不想去甲板上，谁也不想谈天说地，谁也不想再盼望什么。

然而，船上的艾尔通能说出"不列颠尼亚"号失事的究竟，可他就是不肯说。无可怀疑，那个大坏蛋虽不一定知道格兰特船长目前的情况，至少知道船只失事的地点。不过他害怕格兰特船长一找到，他就多了一个见证人，这对他是不利的。

葛林艾凡爵士并没有死心，他三番五次地去找艾尔通，想尽办法想让这个家伙开口。可是，每次都被拒绝了。

看到葛林艾凡爵士失败了，海伦夫人决定去找艾尔通谈谈。兴许男人办不成的事，女人就能办成呢！女人的温和不正像太阳的光和热而富有力量吗？

两位女客和艾尔通在房间里谈了一个钟头，但她们也没有成功，甚至表现出一种真正的沮丧的神色。负责押送艾尔通的水手们气不过，在路上狠狠地骂他，并朝他挥着拳头。

但是海伦夫人是个不服输的人，她要和那个毫无心肝的人斗争到底。于是，第二天她亲自跑到艾尔通的房间里去谈。

当然连艾尔通这没人性的东西也明白海伦夫人的好意：如果把他叫出去，他势必会被大家揍一顿的。

在整整两个小时的谈话之后，海伦夫人终于出来了，只见她脸上带着几分胜利的微笑。原来艾尔通被说服了，但是他有一个交换条件，要和葛林艾凡爵士谈谈。

"你说的交换条件是什么？"葛林艾凡爵士问，陪审的还有迈克凯布斯少校和巴嘉内尔。

"我请求您把我放到太平洋上的一个荒岛上去，给我最必要的一点东西。我将尽力在荒岛上生活下去，如果时间允许，我将在那里忏悔我的行为！"

"如果您答应我的条件，我会把我所知道的一切关于格兰特船长和'不列颠尼亚'号的信息告诉大家。不过，我所知道的信息并不多。"艾尔通说。

"那你说吧！"葛林艾凡爵士为了能获得格兰特船长的信息，认为艾尔通的条件可以接受。

"我是叫艾尔通，也是'不列颠尼亚'号上的水手长。1861年3月12日，我随着格兰特船长离开了格拉斯哥，在太平洋上航行了14个月，想找个合适的地方，建立苏格兰移民区。"

"格兰特船长是个了不起的人，但他也很固执，我俩总是吵嘴，脾气秉性一点都不合。后来我不得不叛变，想串通所有船员，把这船夺过来。"

"结果，我被格兰特船长赶下船，我清楚记得那天是1862年4月8日，在澳洲西南岸。"

"在澳洲西南岸？"迈克凯布斯少校打断他，"这是说，你在'不列颠尼亚'号到达卡亚俄之前就离开船了？它是到了卡亚俄之后才没有消息的。"

"是的，我没被赶下船之前，'不列颠尼亚'号没有在卡亚俄停泊过。我在奥摩尔农场里谈到卡亚俄，是因为你们先说了它在卡亚俄停泊的事实。"

"在你没被赶下船之前，格兰特船长有什么想法或打算，你清楚不清楚？"迈克凯布斯好像又想到了什么，问艾尔通。

"我所能告诉您的是这样，格兰特船长想到新西兰去看看，他这部分计划在我没离开船之前并没有实行。"艾尔通回答。然后他又交代了自己化名彭·觉斯和那些流放犯所做的那些罪恶勾当。

"就这样吧！艾尔通，你该做的已做了，现在我该做我该做的了。我们商量一下，给你在太平洋上找个小岛。"葛林艾凡爵士说完，又让人把艾尔通押回去了。

"艾尔通的交代没有什么实际意义啊！这下终于没有希望了，可怜的玛丽姐弟两个孩子啊！谁能告诉他们的父亲在什么地方呀？"葛林艾凡爵士痛苦地说。

"我能告诉呀！"巴嘉内尔肯定地说，"是的！我能告诉他们。"

这位地理学家平时那么好说话，但在审讯艾尔通时却一言不发。他只是听着，不开口，但是他这一句话却是一鸣惊人。

"巴嘉内尔，你知道格兰特船长在哪儿？"葛林艾凡爵士诧异地问。

"是的，答案还是在信里。之前我怕大家不信，就一直没敢说。当然，那时说了也是白说！现在我之所以敢说了，是因为艾尔通的话证明了我的看法！"

"那是说，格兰特船长还在新西兰？"葛林艾凡爵士说。

"大家别着急，先听我说。我写错了一个字救了大家的命，那个字不是没有理由写错的。爵士让我代笔写信的时候，'西兰'这个词正在搅着我的脑筋。"

"原因是这样：当时我们在牛车里躲避流放犯的时候，少校把登载康登桥惨案的那份《澳大利亚新西兰日报》递给了海伦夫人。当我正在写信的时候，那份报纸掉在地上，折起了一半，刚好把报名的后一半露了出来。"

"这后一半是'land'，当时我心里突然一亮！那不正是英文信上写的'land'嘛！我们一直认为那是'上陆'的意思，实际上应该是'西兰'（Zealand）这字的残余。"

接着，巴嘉内尔向爵士和少校开始解释漂流瓶中的信：

"1862年6月27日，三桅船'不列颠尼亚'号，不幸遇难，沉没在风浪凶险的南半球洋面里，靠近新西兰，该船的三名幸存者，包括两个水手和格兰特船长现到达此岛。我们因远离人间而成为走投无路的人了。今特抛下此信请求援助，地点为……南纬37度11分。见速救援，否则必死。"

"巴嘉内尔，你为什么把这个新解释一直保密了近两个月呢？你现在总该可以把原因告诉我们了吧？"

"我是不愿让大家空欢喜一场啊！而且那时正好要到在37度线的奥克兰。"

"后来我们不是被拖出到达奥克兰的路线了吗？你为什么还

不说呢？"

"那是因为信尽管解释得合理些，但对于格兰特船长的安全已经是没有帮助了。如果'不列颠尼亚'号在新西兰沉船的假设成立了，两年时间没有消息，就说明他不是死于沉船，就死于新西兰土人手里了……"

"一切都很明白了……让我找个合适的机会来告诉玛丽姐弟这个不幸的消息吧！可怜的孩子啊！"葛林艾凡爵士痛苦地说。

不久，全船的人都知道了艾尔通的招供没能对格兰特船长的处境有所说明，船上的气氛又增加了一份沉重。游船按原计划航行着，接下来要做的是，给艾尔通找个荒岛。

巴嘉内尔和孟格尔船长查看着地图，给艾尔通找了个荒岛。马莱泰勒撒岛，也在37度线，离美洲有3500海里，离新西兰有1500海里，绝对是个孤立的小岛，在太平洋的浩渺中，太微不足道了。

葛林艾凡爵士把这个蛮荒之地告诉了艾尔通，他欣然答应了。于是，"邓肯"号向马莱泰勒撒岛驶去。

通过两天的航行，在这一天下午2点钟，瞭望的水手报告，在天边望见了马莱泰勒撒岛，低低的，长长的，勉强浮出在波浪上面，仿佛一条大鲸鱼。

晚上20时，马莱泰勒撒岛就在距离"邓肯"号5海里的地方，但是它只剩下一条长长的影子，天太黑几乎看不见了。

晚上21时，岛上出现了一片相当强的红光，大家以为那是火山喷发或是灯塔，但是都被否定了。不一会儿，沙滩上又出现了一处移动的火光。大家认为这个荒岛上可能有土人，所以决定调转游船，等待明天太阳升起的时候看个究竟。

接近午夜，大家都回房间休息去了，船头上只有值班的几个水手，船尾上只有舵工在守着舵把。这时，玛丽姐弟俩来到了楼舱顶上。

姐弟俩手扶着栏杆，心事重重地望着海面，船舷处的浪花也无声地翻滚在暗夜中。

那时那地，姐弟俩都在思念着可怜的父亲，同时也都在为对方思考着未来。经历那么多苦难，小罗伯尔已经磨炼得成熟了，他抓住姐姐的手放在自己的手里。

"姐姐，永远不要失望。还记得父亲告诉我们的话吧：在世界上勇气可以代替一切。那种百折不回的勇气，那种使他能战胜一切的勇气，我们也应该有。"

"哦！好弟弟！"玛丽小姐感叹着。

"姐姐，我要去做一名海员。"

"你要离开我吗？"玛丽小姐紧握着弟弟的手叫起来。

"姐姐，孟格尔船长答应过我，要把我培养成一名优秀的海员，他一面培养我，一面和我一起去找我们的父亲！他也和咱们一样，抱有很大的希望！总有一天，我们会把父亲找回来和你相见的！"

"姐姐，你也不会孤单的。海伦夫人要把你留在玛考姆府，当作亲生女儿，她曾亲口告诉过孟格尔船长，然后他又告诉了我！"罗伯尔说着，额头上放着兴奋的光彩。

玛丽把罗伯尔紧紧地搂在怀里，不住地哭着。对父亲的思念、对弟弟的爱怜，对葛林艾凡爵士和海伦夫人的感激，对孟格尔船长的情愫等等这一切，都让她难以抑制。

姐弟俩在夜色中渐渐地平静下来了。船在悠悠的海面上浮荡着，浪花一道道散开去，忽明忽暗地闪出许多零星的光华。

就在这时，玛丽小姐和罗伯尔都仿佛听到一个人的呼声，声调沉郁凄惨，使两个人的心弦都整个地弹动起来。

"救我呀！救我呀！"

"姐姐，你听见了吗？"罗伯尔说。

两个人迅速地往栏杆上一趴，俯下身子，在夜色深沉中寻找着。但是他们什么也没有看到，只有一片黑暗展现在他们眼前。

玛丽小姐脸色苍白地说："是呀！我和你一样仿佛听到……我的弟弟，咱们在做梦吗？"

就在一瞬间，又一声呼救声传到他们的耳朵里，这次那种幻觉太真切了，以至两个人同时喊了出来："父亲啊！父亲啊！"

由于刺激过度，玛丽一下子昏倒在了罗伯尔怀里。罗伯尔当下就惊叫起来："姐姐！救命啊！爸爸！救命啊！"

看舵的水手最先跑过来，他赶忙扶住了玛丽小姐，接着值班的人员、孟格尔船长、海伦夫人和葛林艾凡爵士也都赶紧往舱顶跑。

"我姐姐她不行了！啊！我爸爸就在那儿！"小罗伯尔失魂落魄地喊叫个不停。

玛丽小姐被抬回了房间，大家都以为这男孩在说胡话，但葛林艾凡爵士除外，牵着罗伯尔的手，对他说："我的孩子，你真的听到了你父亲的声音吗？"

"是呀！就在那儿，波浪中间！他在喊'救我啊！救我啊！'"罗伯尔哭喊着。

葛林艾凡爵士叫来刚才掌舵的水手，问他听见了没有，他说什么也没听到。罗伯尔脸色惨白，声音哽咽，也昏倒了。爵士理解这两个可怜的孩子，肯定是受到了过度的刺激啊！

在第二天早上天刚亮的时候，葛林艾凡爵士他们都来到了甲板上，当然玛丽姐弟也在。"邓肯"号离岛只有一千米远，沿着岸慢慢航行，人们的视力可以看清岸上的最细微的情况。

罗伯尔高喊着告诉人们，他看见岛上有两个人在跑、有一个人在摇旗子。

"对！是英国旗！"孟格尔船长放下望远镜十分肯定地说。

大家都被眼前的情景惊呆了：这小岛有三个人，三个遇难的人，三个英国人！这是真的！

葛林艾凡爵士吩咐赶紧放下小艇，不到一分钟，艇子放到海上了。距离海岸还有20米远的时候，玛丽小姐惊讶地叫一声：

"是我父亲啊！"

果真有一个人，站在岸上，夹在两个人中间。他那高大而强壮的身材，温和又大胆的面容，十足地显示出是把玛丽和罗伯尔两人的体貌融合在一起。

那正是两个孩子不断描述的那个人啊！那就是他们的父亲格兰特船长啊！格兰特船长听见了玛丽的呼唤，张开双臂。

胜利返航

　　遭遇罹难又重见天日的父子三人紧紧地抱在一起，那种九死一生的感觉震荡在他们的内心深处。所有的船员都望着他们，没有一个不热泪盈眶的。

　　一来到"邓肯"号的甲板上，格兰特船长激动不已地向葛林艾凡爵士等人道谢。他已经从儿女的介绍中了解了一些情况，他那喑哑而动情的声音听起来十分真挚。

　　格兰特船长把他心头无限的感激之情表现得既简单诚挚，又高尚豪爽，他那英气勃勃的面颊反映出一种真诚又温柔的情绪，以至全体船员都觉得已经得到了报酬，并且这报酬远远超过他们所经受的千辛万苦。

　　罗伯尔向父亲挨个介绍了他的好朋友们，当然他特别强调这些朋友的呵护使他和姐姐勇敢地成长起来。

　　当介绍到孟格尔船长的时候，这青年船长却红着脸像害羞的女孩子一样，他给玛丽小姐的父亲回话时声音都在发抖。

　　然后，海伦夫人又把旅行的经过给格兰特船长讲了一番，格兰特船长为自己有这样的好儿女而高兴不已。同时，当知道孟格尔船长对女儿的钟情之后，欣然地把那两个年轻人的手放到了一起。

万语千言说不完离别之苦，千言万语道不完思念之情，格兰特船长感受着这一切，了解着这一切。当然他也得知了艾尔通也在"邓肯"号上。

在没有把艾尔通送到荒岛之前，格兰特船长邀请大家看看他住过的窝棚，并在他的桌子上吃一顿饭。

几个小时的工夫，就走遍了格兰特船长的"领土"。小岛只是海底一座大山顶上的一小片平地，布满着雪花岩的岩石和火山的残余物。后来逐渐形成了物化土，再后来便有了植物和动物。

说起动物，这里的野山羊和野猪的祖宗都来自一些捕鲸船，经过许多年的演化，这里便也就成了它们的家。

当"不列颠尼亚"号的遇难船员们逃命到这里之后，就有了人类的劳动。两年半的时间里，格兰特船长和他的两名水手使小岛完全改观了，好几亩地被仔细地耕种着，长出了很好的蔬菜。

大家来到了窝棚前，它面朝大海，美丽温暖的阳光正好透过窝棚那些小小的窗子。

饭桌摆在浓郁的绿荫下，大家怀着一种特殊的心情围桌而坐。这是多么有纪念意义的一顿饭啊！

"真是太便宜了大坏蛋艾尔通！"巴嘉内尔兴致勃勃地嚷着，"这个小岛简直是天堂呀！"

"着实是个天堂。"格兰特船长回答说，"我们能逃到这里来，真够好运气了！不过我恨这岛太小了一点，不是广大肥沃的岛屿；它只有一条小溪，不是一条大河；只有一个海浪冲击的小缺口，不是一个大港湾。"

"为什么要这样说呢？"葛林艾凡爵士问。

"这里实在太小了，我想找一个大地方，当苏格兰的移民区！"

"哦！船长，"葛林艾凡爵士赞叹道，"您至今还在这么想啊？就为这，全国的人都关心着你呢！"

"我没有放弃它，爵士，上帝借您的手把我救出来，就是要我完成这个事业的。"

"那好，船长，"葛林艾凡爵士叫起来，"前途是属于我们的，您所求的那大片陆地，我们一同去找！"

格兰特船长和葛林艾凡爵士两个人紧紧地握着手，为了这句誓言、为了这互通的心曲！

当然，大家最关心的是格兰特船长他们这两年多的日子是怎么过的。一个小岛，一个小窝棚，一个遇难之后的故事……

格兰特船长立刻满足了他的新朋友们的这个愿望：

"那是在1862年6月26至27日的夜里，'不列颠尼亚'号被六天的大风暴打坏了，撞毁在这个小岛上。当时，真是恶浪滔天呀！根本没有存活的可能，船员们一个也不见了。

或许是因为命大，或许是由于侥幸，两名水手和我还活着，我们拼着命才算爬到了岸上。这岛3千米宽，8千米长，内部大约有30棵树，还有几块草场和一个清水泉源，这泉源幸好是四季不涸的。"

"最初几天，我们几乎是忍饥挨饿，到后来我们开始打猎捕鱼弄点吃的填饱肚子。也许是上帝的安排，岛上有很多野羊，沿岸的鱼虾也不少。就这样，我们就有吃有喝了。"

"我从船上抢救出我的测量工具，因此我可以正确地知道这个小岛的方位。经过测量才发现这里不在任何航线上，不会有任何船来搭救我们了，除非遇到意外的机会。我一面想着我亲爱的人，一面却还勇敢地接受着这个考验。"

"我们拼命地干活，在现有土地的基础上，我们还锄草开荒，把那些菜籽种上：土豆、菊苣、酸模等，后来还有其他菜种也都种活了，这大大丰富了我们的生活。"

"我们还抓住了几只野羊，然后把它们驯养起来，这样就有了羊奶和奶油。我们还发现泥洼地方生长着很多纳儿豆，这东西很有营养，正好做面包，因此，我们就不用担心粮食了。"

"我们用'不列颠尼亚'号的旧料盖了这个窝棚，屋顶是用帆布盖成的，上面还涂了柏油。我们在这个小屋里讨论过许多计划，许多梦想，最好的梦想就是此刻实现的这一个。"

"起先，我们计划用破船板做一只小船，去海上碰碰运气找找生路。可是，离这最近的岛也有1500海里呀！小船根本不能承受这么远的距离！所以，我们就不再想做小船了，只能等着别人来救……"

"在我们沦落的整个时间里，只有两三艘帆船在天边出现过，但也只是出现过一下子。直到昨天，我正爬到岛的最高峰上，忽然望到岛的西南方向有一缕轻烟。烟渐渐地大起来，没过多久，一艘船到了我的视野里，我看见了，它仿佛正向我们这边驶来。"

"可是这小岛不能停靠大船啊！真是把我们给急死了！我的那两个难友赶紧在另一个山顶上点起火。可直到夜里，这大船也没有给我们发来响应信号！"

"面对这个千载难逢的逃生机会，我不再迟疑，跳下海就往船那边游。满怀的希望增添了我的精力，我以超人的力量与波涛作斗争。当我距离大船不到30米的时候，它却掉过头开走了！"

"于是我拼命地喊着，只有我这两个孩子听到了，那并不是他们的一种幻觉。后来，我只好又回到海岸，浑身瘫软像死了一样。我们在岛上过的最后的一夜，是多么难熬的一夜啊！"

"好在天无绝人之路！天刚蒙蒙亮的时候，我就发觉这船已经减速了，而且正在围着小岛转悠，然后你们就奇迹般地放下了小艇……"

这时，玛丽和罗伯尔热烈地亲吻着、拥抱着格兰特船长，百感交集的心情让他们无法自已。

当格兰特船长在叙述他的经历时，地理学家巴嘉内尔在想什么呢？到此为止，他还是弄不明白那漂流瓶中的信的正确解释。他终于按捺不住，抓住格兰特船长的手，叫起来：

"船长啊！您现在可不可以告诉我，您那三张信里写的是什么？"

"究竟写得是什么，船长？"葛林艾凡爵士也忍不住了，"请您再重复一遍吧！我们怎么猜也没猜对。"

"好的。"格兰特船长答应着，"我用三种不同的语言写了三封信，内容都一样，只是有一个地名不同。"

"那么，请读一读法文信吧！因为那法文信保存得最好，我们每次解释都拿它做基础。"葛林艾凡爵士说。

"好的，爵士，法文的内容是这样的：1862年6月27日，三桅船'不列颠尼亚'号，不幸遇难，沉没在距离巴塔戈尼亚1500海里的南半球洋面里。该船的三名幸存者，两个水手和格兰特船长现正在达抱岛上。"

"我的天啊！"巴嘉内尔长叹了一声。

格兰特船长继续说道："我们因远离人烟而走投无路了。今特抛此信请求救助，地点为经153度、纬37度11分。见此请从速！"

巴嘉内尔听到"达抱岛"这个名字就突然站起来，大声嚷道："怎么是达抱岛呢？不是马莱泰勒撒岛吗？"

"你听我说，"格兰特船长解释，"英国和德国都称这里为马莱泰勒撒岛，法国地图则把这里标作达抱岛！"

这时，重重的一拳擂在巴嘉内尔的肩背上，这一拳是迈克凯布斯少校打的，同时调侃地说了一声：

"我的大地理学家呀！"

但是巴嘉内尔好像没有感觉到少校的那一拳，他在地理学上受到的打击正使他的头抬不起来，那一拳算得了什么呢！

事实上，巴嘉内尔已经把原文猜到九成了，只是"each"一词把他弄糊涂了。他把它解释为"到达"（reach），而实际上却是法文地名"达抱岛"（tabor）。这个错误实在是不好避免，因为"邓肯"号上的地图都显示的是"马莱泰勒撒岛"。

生活就是这样，它很喜欢和你开玩笑，但调皮的它还会时不时地给你带来惊喜。

一切都会有个终结，抑或是另一种形式的开始。第二天，大家把艾尔通送到了达抱岛上，并且给他留下了几箱干粮、一些工具、一些武器和若干弹药，还有一些书籍。

这时，小艇在孟格尔船长的指挥下离开了大船。艾尔通在艇子上站着，始终不动神色，脱下帽子，庄重地行了个礼。葛林艾凡爵士也脱下帽子，全体船员也跟着脱下帽子，就像平常对待一个临死的人一样。

之后，大家就乘着豪迈的"邓肯"号，幸福地奔向那个梦想开始的地方！